AF272244

Xin Publishing

Harald Jorasch
Heero Miketta
Tian Di

in isrogant

erzählungen band zwei

Mit einem Vorwort
von Yong Yuen He

Erschienen im Oktober 2010 im
Xin e.V., Overath bei Köln
in Kooperation mit
Xin Publishing
an imprint of Xin He Ltd.
Suite 404, 324 Regent Street
London, W1B 3HH
United Kingdom

Titelfoto:
© Venjin He 2010

ISBN 978-3-942357-06-7

Vorwort

Yong Yuen He

Die ersten Schritte in eine neue Welt sind aufregend, aber noch spannender waren für uns die ersten Kritiken nach dem Start unserer Welt im März 2010.

Sie haben uns Auftrieb gegeben. Und frischen Mut.

In diesem zweiten Band von »In Isrogant« meldet sich mit Harald Jorasch ein weiterer Autor zu Wort. »Gerechtigkeit oder Gnade« fragt er, die Antwort darauf findet sich in der gleichnamigen Geschichte.

Tian Di begleitet uns auf eine Reise in die Jugend von Ash Gooregan, den viele Leser ja schon aus der Trilogie »Reisende« kennen.

Heero Miketta schließlich lädt ein ins Reich der Elf Großen Stadtstaaten, wo ein junger Graf aus Dnipr-Daphne nicht nur eine fremdartige Kultur und die geheimnisvolle Kunst des Riinja kennenlernt... sondern auch seine eigenen Grenzen.

Yong Yuen He
Xin Publishing

London, im Oktober 2010

Teralion

Tian Di

Etwas ließ ihn aufhorchen.

Ein knackender Ast, raschelndes Blattwerk?

Jedenfalls anders als die typischen Geräusche der Wildnis.

Leise versenkte er die beiden Vogeleier, die er eben aus dem Nest genommen hatte, in seiner Brusttasche. Dann glitt er auf einen tiefer gelegenen Ast und versuchte, durch das Grün der Baumwipfel einen Überblick zu erhalten.

Doch der Bewuchs war zu dicht. Er konnte nichts erkennen, musste weiter hinabsteigen.

Bei den Wassern der Flut, es ist Herbst, dachte er bei sich. *Muss diese Gegend so fruchtbar sein, dass selbst kurz vor Wintereinbruch noch so viele Blätter an den Bäumen sind?*

Wieder ein Geräusch. Er hielt inne. Dort unten war jemand, und er bemühte sich, nicht gehört zu werden.

Wahrscheinlich ein Rehbock, dachte er.

»Wer immer du bist da oben, komm' ganz langsam runter und mach' keine Mätzchen«, sagte plötzlich eine laute Stimme von unten. Und nach einer kurzen Pause: »Wenn dir dein Leben was wert ist.«

Erleichterung. Wer so ungeschickt drohte, war sich seiner Sache nicht sicher. Wohl kaum ein Räuber.

Ash kletterte ein Stück weiter nach unten. Jetzt sah er mehr.

Vier Leute, neben seinem Rucksack, den er an den Stamm des Baumes gelehnt hatte. Bauern, so wie er sie einschätzte, grobe Kleidung, bewaffnet, allerdings recht kurios: Einer trug ein altes Schwert, das nicht sehr gepflegt wirkte, ein anderer hatte eine Axt geschultert, die letzten beiden hielten Mistgabeln in den Händen.

Keine Gefahr. Er ließ sich fallen und kam unmittelbar neben seinem Gepäck auf dem Boden zu stehen.

Die vier Bauern sprangen erschrocken zurück.

Der mit der Axt erholte sich als erster und tat einen Schritt nach vorne. Die Waffe glitt von seiner Schulter.

»Keine Bewegung mehr, Fremder«, bellte er. Ein weiterer bedrohlicher Schritt, aber die Angst in seiner Bewegung war deutlich zu sehen. Kein Gegner. Dennoch schwang er die Axt hin und her: »Wer bist du?«

Auch die anderen drei kamen etwas näher, ihre Waffen in Bereitschaft.

»Mein Name ist Ash Gooregan. Ich bin auf der Durchreise.«

»Soso«, sagte der Sprecher. Eine kurze Pause, dann: »Gib uns dein Schwert, du kommst mit uns. Wir werden dir auf den Zahn fühlen, Fremder.«

Ash überlegte. Wenn es zu einem Kampf mit den Vieren käme, konnte er sein Schwert ohnehin nicht benutzen. Er wollte niemanden ernsthaft verletzen. Auch mit bloßen Händen waren sie keine Herausforderung – ihre Unerfahrenheit war offensichtlich. Sie hatten in den ersten Momenten schon zu viele Fehler gemacht.

Mit einer kurzen Bewegung löste er die Scheide vom Gürtel und reichte das Schwert dem Sprecher. Wieder ein kurzes Zögern, bevor der es annahm und an einen der beiden Männer mit den Mistgabeln weitergab.

»Vorsichtig«, sagte Ash. »Es ist sehr wertvoll.«

»Sei still«, erhielt er barsch zur Antwort. »Nimm deine Tasche und komm mit. Wir gehen ins Dorf.«

Das klang nicht schlecht. Ein Dorf bedeutete Gesellschaft und warmes Essen. Das hatte er nach zehn Tagen Wanderung durch menschenleeres Gebiet dringend nötig.

»Gut«, entgegnete er, schulterte seinen Rucksack und folgte dem Sprecher, der ihm den Rücken zugewandt hatte (der nächste Fehler). Die anderen drei umringten ihn, viel zu nah für die Reichweite ihrer Mistgabeln.

Keine zehn Minuten später erreichten sie einen mehr schlecht als recht befestigten Weg. Ash fluchte innerlich. Da war er mühsam auf einen Baum gestiegen, um sich Vogeleier zu besorgen und seine kärgliche Speiseration aufzubessern? Wo in so geringer Entfernung eine menschliche Ansiedlung zu finden war, in der es Hühnereier und sicherlich auch wesentlich bessere Dinge gab? Frisches Brot, vielleicht Wein, Fleisch, Früchte oder Käse! Ihm lief das Wasser im Mund zusammen, auch wenn der Empfang ihn etwas zweifeln ließ, dass ein Begrüßungsfestmahl auf ihn wartete.

Das Dorf entpuppte sich als kleiner Weiler, umgeben von sauber bestellten Feldern und einigen ordentlich eingezäunten Viehweiden, auf denen fette Kühe und wohlgenährte Schafe grasten.

Ein Bild des Friedens, befremdend daran nur die halbfertige Mauer, die sich um die Siedlung herum zog und eher in kriegerische Gebieten gepasst hätte.

Das erklärt den frostigen Empfang, dachte Ash.

Auf dem Dorfplatz liefen Leute zusammen. Ash schätzte ihre Zahl auf vielleicht fünfzig. Ob das alle Einwohner des Dorfes waren? Wie bei allen Gehöften in dieser abgelegenen Region waren die Gebäude sehr geräumig. Sie mochten zehn Menschen beherbergen, aber genau so gut die fünffache Zahl.

Eine kleine Gruppe älterer Männer trat aus einem Gebäude und kam auf Ash und seine vier Bewacher zu, die in der Mitte des Dorfplatzes Halt machten.

»Wer ist das?«

Alle Blicke ruhten auf dem Mann mit der Axt, der schon zuvor Wortführer gewesen war.

»Er nennt sich Gorgan oder so ähnlich«, entgegnete dieser. »Wir haben ihn im Hain nördlich des Bitterhügels gefunden. Er war auf einen Baum geklettert, wohl, um sich vor uns zu verstecken.«

Ash runzelte die Stirn. Was war das für eine dumme Folgerung? Er hatte seinen Rucksack am Fuß des Baumes stehen gelassen!

Sein Gesichtsausdruck blieb nicht unbemerkt.

»Wolltet Ihr Euch nicht vor unseren Leuten verstecken, Gorgan?« fragte einer der älteren Männer. Sein Blick war offen und aufrichtig. Ash fand das beruhigend. Diese Leute wirkten rechtschaffen, ihr Benehmen resultierte vermutlich darauf, dass sie erschreckt worden waren. Vielleicht trieben Räuber ihr Unwesen in der Gegend.

»Gooregan ist mein Name, werter Herr«, entgegnete er. »Ich bin auf der Durchreise nach Shodema. Von dort möchte ich per Schiff nach Ciena weiterreisen, wo meine Familie lebt.«

Der ältere Mann zog nun seinerseits die Augenbrauen in die Höhe.

»Das ist eine weite Reise. Von wo kommt Ihr?«

»Aus Hoffed. Ich habe dort einige Zeit in einer Schule verbracht.«

Gemurmel erhob sich unter den Umstehenden. Vermutlich waren große Städte wie Hoffed für die Dörfler eher ferne Legenden.

»Ihr sprecht von Hoffed, dem Grafensitz?« fragte der Alte.

»Ja, allerdings hat es für mich nicht viel Unterschied gemacht, ob Graf oder König regiert«, entgegnete Ash lächelnd.

Der Alte grinste. »Nach allem, was man hört, wird dort sowieso nicht viel regiert.« Sein Gesicht wurde ernst: »Welche Art von Schule besucht man in Hoffed?«

Hoffed war eine düstere Metropole, groß und laut, nicht unbedingt freundlich, bekannt für seine Krieger, nicht für kulturelle Errungenschaften.

»Nun ja, werter Herr, ich war nicht auf einer Schule für

Dichter und Sänger«, antwortete Ash.

»Ihr seid Soldat?«

Er schüttelte den Kopf.

»Nein, das kann man nicht sagen. Aber ich habe dort an der Kampfschule drei Monate lang studiert.«

Wenn man die Schinderei ein Studium nennen will, dachte er bei sich und hätte beinahe gegrinst.

»Soso«, der Alte strich sich über das Kinn. »Und nach Ciena wollt Ihr, zurück zu Eurer Familie.«

»Zu meinem Vater«, sagte Ash. »Meine Mutter ist früh gestorben, und Geschwister habe ich keine.«

Er hätte nicht sagen können, warum er das erzählte. Der alte Bauer wirkte vertrauenerweckend.

»Nun, werter Gooregan, mein Name ist Achter Brunnscheid. Ich bin der Dorfvorsteher«, sagte der Alte jetzt und streckte ihm eine Hand hin. Ash schüttelte sie und fühlte sich freundschaftlich nach vorne gezogen, in Richtung einer der Hütten. »Kommt erst einmal mit, sicher wollt Ihr etwas trinken und essen, wenn Ihr eine so lange Reise durch die Wildnis gemacht habt. Beim Essen spricht man besser.«

**

Am nächsten Tag traf Mynwan ein.

Er kam nicht zu Fuß, sondern auf einem Pferd, das auch dem Streitroß eines Ritters aus dem benachbarten Kaiserreich Dnipr-Daphne jede Ehre gemacht hätte.

Ashs erster Gedanke war: Dieser Söldner ist viel zu teuer für das, was die Dörfler von ihm wollen. Der Neuankömmling war ihm unsympathisch.

Ganz wie bei Ashs Erscheinen am Vortag, liefen auch jetzt alle auf dem Dorfplatz zusammen. Er gesellte sich dazu, beobachtete, wie Mynwan vom Rücken des Pferdes stieg und einen arroganten Blick über die Gebäude und ihre Bewohner gleiten ließ. Seine Körperhaltung sprach die gleiche Sprache.

Achter Brunnscheid trat nach vorne und streckte seine Hand zur Begrüßung aus. Mynwan ergriff sie, ohne sie zu schütteln, und ließ seine Augen prüfend auf dem alten Mann ruhen.

»Ihr seid der Dorfälteste?« fragte er. Seine Stimme klang rauh und barsch.

»Achter Brunnscheid mein Name. Ich stehe unserem Dorfrat vor«, entgegnete dieser mit fester Stimme, fern davon, sich einschüchtern zu lassen.

Was vielleicht ein Fehler ist, dachte Ash.

»Das ist schön«, Mynwan hielt Achters Hand noch immer in der seinen. »Mein Name ist Mynwan von Begerovan. Ein alter Kampfgefährte hat mich auf Eure Probleme aufmerksam gemacht, und ich bin gekommen, um Euch zu helfen.«

Als wenn das nicht alle hier wüßten, dachte Ash. Die Förmlichkeit, mit der der Söldner sich vorgestellt hatte, stieß ihn ab. Es hatte etwas von Zirkusauftritt.

Er registrierte, dass Mynwan kein Schwert bei sich trug. Dafür sah er einen Langbogen am Sattel und an der Hüfte des Ritters einen Dolch. Keine typischen Waffen für einen Veteranen. An beiden Oberschenkeln trug er Kampfkrallen – Handschuhe, die an der Vorderseite mit ausfahrbaren Klingen versehen waren. Unangenehm im Nahkampf, aber kaum jemand konnte wirklich damit umgehen.

Ash fragte sich, ob dieser Mann seine Instrumente beherrschte, oder ob auch sie vor allem seinem ausgefallenen Auftritt dienten.

»Werter Mynwan«, hörte er Brunnscheid sagen. »Können wir Euch eine kleine Erfrischung nach der Reise anbieten?«

Ein kurzes Nicken. »Kümmert sich jemand um mein Pferd? Und vielleicht haben Eure Entscheidungsträger Zeit, mir bei einem Bier Gesellschaft zu leisten und Eure Probleme zu schildern? Oder fällt Ihr hier die Entscheidungen alleine?«

Mit diesen Worten ließ er die Hand des Dorfältesten los, der eine Sekunde brauchte, um sich zu fangen. »Nein, das tue ich nicht«, antwortete er dann. »Ich werde alle zusammenrufen.

Kommt einfach mit in mein Haus.« Sein Blick streifte suchend über den Platz. »Ash, gesellt Ihr Euch auch zu uns?«

Ash nickte, freundlich lächelnd. Er konnte Mynwans Blick spüren, vermied aber, ihn zu erwidern.

**

Die erste Besprechung nahm einen erstaunlichen Verlauf. Ash hatte befürchtet, dass Mynwan seinen fordernden, überheblichen Ton beibehalten würde, doch stattdessen saß er mit einem Bier in der Hand vor einem Teller mit Bratenstücken und Brot und lauschte aufmerksam den Berichten der Dörfler, die er nur mit kurzen Zwischenfragen unterbrach.

Am anderen Ende des Tisches tat Ash es ihm nach. Er hatte die Geschichte schon am Tag zuvor gehört und sie genau so wenig glauben können wie jetzt Mynwan.

»Orks?« fragte dieser. »Hier in den Borrmal-Wäldern? Seid Ihr sicher?«

Die vier Mitglieder des Dorfrates nickten synchron.

»Völlig sicher«, sagte Brunnscheid. »Ich habe in meiner Jugend im Norden des Schattengebirges gelebt, dort, wo es auch heute noch Orks gibt. Diese Bestien haben uns schon damals aus unseren Gehöften vertrieben.«

Mynwan schüttelte erstaunt den Kopf.

»Dann werdet Ihr wohl wissen, wovon Ihr sprecht. Aber ich kann es mir gar nicht vorstellen. Selbst in den Regionen, die früher ganz von ihnen beherrscht waren, trifft man heute nur noch auf vereinzelte Sippen.«

»Das mag sein. Aber wo sind sie denn alle hin?« fragte Achter eigensinnig.

»Nun ja, eine große Zahl von ihnen ist ganz einfach ausgerottet worden. Die Orks des Schattengebirges zum Beispiel haben sich in endlosen Kämpfen mit den Truppen der angrenzenden Reiche zerrieben, bis sie keinerlei Bedrohung mehr waren. Das ging ja schon in der Zeit der Ius Adjagard los.«

»Vielleicht sind sie gar nicht ausgerottet, vielleicht suchen sie nur neue Lebensräume.«

»Das mag sein.« Mynwan wurde nachdenklich. »Man hört sehr vieles, auch dass es in anderen Teilen Isrogants regelrechte Reiche gibt, eine echte Ork-Zivilisation, beherrscht von einem Orkkaiser. Ich kann es mir nicht vorstellen, und auf jeden Fall ist es ein sehr schlechtes Zeichen, wenn diese Biester wirklich hier ihr Unwesen treiben.«

Mit einem Blick in die Runde sprach er aus, worüber Ash schon länger nachgedacht hatte.

»Ihr könnt mich nicht bezahlen.« Ein Schluck Bier. Atemlose Stille. »Was Ihr sucht, ist ein dauerhafter Schutz. Ich will mich aber nicht hier niederlassen, bin selten länger als ein paar Monate an einem Ort und will das auch nicht ändern.«

Ein Murmeln ging durch die Runde. Ash war nicht überrascht. Die Dörfler hatten nicht weit genug gedacht, sondern darauf gehofft, dass ein Krieger ihnen ihre Sorgen aus der Hand nehmen würde.

Kein falscher Gedanke. Immerhin war das der Hintergrund des Lehenssystems, das in vielen Teilen Isrogants für Ordnung und Sicherheit sorgte: Ein Herrscher gab Teile seines Reichsgebietes an Lehnsherren, die dann für den Schutz der dort lebenden Menschen und die Rechtsprechung sorgten.

Mynwan sprach weiter: »Wenn sich hier in der Gegend eine Orkbande niederlässt, wird es für Euch ungemütlich. Da gibt es keine einfache Lösung. Die Mauer da draußen – das ist ein sehr guter Anfang.«

Die Enttäuschung im Raum war beinahe greifbar, und weil Mynwan nicht weitersprach, sondern nur versonnen auf den Tisch starrte, wurde sie erdrückend.

Ash räusperte sich.

»Ich weiß, die Wälder hier sind Niemandsland, aber Hoffed liegt nahe, und die Grenze des Kaiserreichs Dnipr-Daphne ebenso«, stellte er fest.

Mynwan sah auf. Er fixierte den jungen Mann, der ihm schon

die ganze Zeit als nicht so recht ins Bild passend aufgefallen war. Zu muskulös, zu leichte und tänzerische Bewegungen für einen Bauern. Und zu feine Kleidung, auch wenn sie verschlissen war, wie von einer langen Reise. Selbstbewusstsein, aber nicht gefestigt. So, als suche er sein Ziel im Leben noch.

Ashs geschulte Sinne bemerkten diesen Blick. Mynwans Augen waren extrem blau und leuchteten in der dunklen Umgebung.

Unbeirrt sprach er weiter: »Gibt es einen Fürsten, an den Ihr ein Gesuch um eine Expedition richten könnt? Auch für ihn müssen Orks im Grenzgebiet eine Bedrohung sein. Einen der dnipr-daphnischen Grafen vielleicht?«

Mynwan musste sich ein Lächeln verkneifen. Aus den Worten des jungen Burschen sprach Naivität. Vermutlich stammte er aus sicheren, wohlhabenden Verhältnissen. Wenn diese Bauern sich nicht nicht an die »höheren« Autoritäten wandten, so lag das wahrscheinlich daran, dass deren Macht so weit draußen in der Wildnis nicht besonders ausgeprägt war. Vielleicht hatten die Grafen auch keine Lust, sich um die kleinen Bauernsiedlungen zu kümmern, die ihnen Holz und andere Güter lieferten, dafür aber so gut wie keine Gegenleistung erwarteten.

Er selber sah schwarz für die kleine Gemeinde, sollten tatsächlich Orks in den Wäldern ihr Unwesen treiben. Allerdings glaubte er nicht daran. Er hätte jede Wette gehalten, dass hier eine kleine Räuberbande für Angst und Schrecken sorgte, nichts aufsehenerregendes. Möglicherweise reichte es, die Jungs ein bisschen zu verprügeln, um sie in eine andere Gegend weiterziehen zu lassen.

Trotzdem wollte er den Preis nach oben treiben, bevor er sich bereit erklärte, die Wälder zu durchforsten und zu schauen, was er tun konnte.

Die Dorfbewohner tauschten Blicke, dann sprach natürlich wieder Achter Brunnscheid: »Es gibt keinen Fürsten, auf den wir uns verlassen könnten. Wir haben um Hilfe ersucht, aber es gab nur Absagen.«

Gemurmel rund um den Tisch unterbrach ihn, bis er hinzufügte: »Einige von uns waren auch dagegen, sich einem Lehnsherren anzuvertrauen. Manche haben schlechte Erfahrungen.«

Mynfan nickte. Wer so weit weg von Zivilisation in der Wildnis lebte – die ja auch ohne Orks schon gefährlich genug war – hatte dafür oft einen Grund, war nicht selten auf der Flucht vor der Obrigkeit.

Wieder gab es Unruhe, diesmal von draußen. Schnelles Getrappel von Füßen, laute Rufe, die Mynwan nicht verstand, ein Scheppern. Die Tür flog auf, ein blutüberströmter Mann stolperte herein, hob die Hand, um etwas zu sagen, sackte zusammen. Aus seinem Rücken ragte eine grobe Axt, doch Mynwan konnte sie nicht näher in Augenschein nehmen, denn jetzt betrat ein Alptraum den Raum: Gewaltig, muskulös, in Leder gehüllt, mit grünlich schimmernder, lederiger Haut. Kleine Augen funkelten über einer breiten Nase, über das enorme Kinn ragten gebleckte Zähne, groß und spitz.

Mynwan hatte schon Orks gesehen, aber sie waren anders gewesen als dieses Monster, das jetzt seinen Kopf hin- und herschwenkte und die Lage begutachtete: Den großen Tisch mit Tassen und Geschirr, die mit Teppichen behängten Wände, die vor Schreck erstarrten Menschen, die auf ihren Stühlen weit zurückgewichen waren. Ein Knurren ertönte tief in seiner Brust, dann machte er einen weiteren Schritt in den Raum.

Mit Schrecken wurde Mynwan gewahr, dass der Ork Platz machte. Platz für seine Kameraden, die hinter ihm durch die viel zu schmale Tür treten sollten. Das durfte nicht geschehen.

Er griff nach den Kampfkrallen in den Holstern an seinem Oberschenkel. Zu langsam. Bevor er etwas tun konnte, flog ein Schatten an ihm vorbei, rammte gegen den Ork und stieß ihn zurück in Richtung Flur.

Mit überraschtem Grunzen stolperte die Bestie gegen den Türrahmen. Der Angreifer gab ihr keinen Raum, sich wieder aufzurichten. Er bewegte sich mit beeindruckender Geschwindigkeit: Hände und Füße fanden ihr Ziel gleichzeitig, den Ork mit Schlägen und Tritten eindeckend, vermutlich, weil der junge Mann nicht wirklich Bescheid wusste über die körper-lichen Schwachstellen seines Gegners. Er hatte keine Waffe. Mynwan konnte nicht wissen, dass Ash sein Schwert am Tag zuvor den Dorfbewohnern überlassen hatte. Der Ork hob seine Arme in einer kraftvollen Bewegung, um seinen Gegner zu-rückzustoßen, doch dieser nahm es mit erstaunlicher Ge-lassenheit. Der Gewalt des Konters gab er nach, sein Körper wand sich um die Bewegung des Orks herum, dann fanden seine Fäuste wieder ihr Ziel auf den grobschlächtigen Wangen des Nichtmenschen.

Mynwan zuckte etwas zusammen bei der Vorstellung, seine eigenen bloßen Fäuste auf dieses Gebiss schlagen zu müssen, doch Ash schien nicht beeindruckt. Nach den Händen schmetterte er nun die Ellenbogen in das Gesicht des Orks, rückte weiter nach, seine Füße krachten gegen die wulstigen Knie des Wesens, das endlich ächzend zu Boden ging.

Jedenfalls fast. Bevor der Ork hinfallen konnte, machte Ash eine schnelle Bewegung zurück und nahm Schwung, um ihn mit einem kräftigen Stoß durch die Tür nach draußen zu stoßen.

Während das Monster bewusstlos in den Flur stürzte, glitt er selbst geschmeidig zur Seite, seine Augen waren jetzt auf Mynwan gerichtet.

»Ihr seid am Zug, Krieger«, sagte er. »Ohne Waffe gehe ich da nicht als Erster hinaus.«

Mynwan nickte. Seine Hände fuhren in die Kampfkrallen, dann sprang er vorwärts.

Orks, dachte er. *An der Grenze von Dnipr-Daphne. Isrogant geht vor die Hunde.*

**

Es waren am Ende elf der Monster, die in das Dorf einge-drungen waren – allerdings so schlecht organisiert, so siegessicher, dass sie ihre Kräfte aufgesplittert hatten.

Mynwan alleine hätte vielleicht Probleme bekommen, aber der junge Krieger, der mit ihm zusammen das Dorf von den Angreifern reinigte, hatte sein Schwert von Achter Brunnscheidt zurückerhalten und war eine echte Hilfe.

Während sie das Dorf nach den Eindringlingen durchkämmten, bemerkte Mynwan, dass die Dorfgemeinschaft mitnichten arm war, ganz egal, wie fernab der Zivilisation sie auch leben mochte. Er sah Teppiche, warme Decken und Lebensmittelvorräte satt in jedem der Häuser, Krüge voll guten Weins und fruchtiger Säfte in kühlen Kellern, die Dörfler aßen mit feinem Besteck und niemand war ohne Teller und Schüsseln, wie es in ärmeren Teilen Isrogants durchaus üblich war.

Sogar Bücher standen auf Regalen. Es schien, die Wälder ringsum boten ein erkleckliches Auskommen.

Ash Gooregan war leichtfüßig und schnell. Er führte sein Schwert auf ungewöhnliche Weise, in spielerischem Fluss statt abgehackten Bewegungen. Am Ende der Auseinandersetzungen stellte Mynfan erstaunt fest, dass der junge Krieger die meisten seiner Gegner am Leben gelassen hatte.

Das gefiel ihm nicht. Es hieß, dass während der Kämpfe Gegner liegen geblieben waren, die theoretisch hätten wieder aufstehen können. Es hieß auch, dass sie die Besiegten fesseln und versorgen mussten, mitsamt des Risikos, dass die Gefangenen sich befreiten.

Diese Orks waren riesig, massig und stark. Wer konnte sagen, ob die Fesseln, die sie banden, wirklich hielten?

Als Mynwan das Thema ansprach, zuckte Ash mit den Achseln. »Ich muss niemanden totschlagen, wenn ich ihn auch anders besiegen kann, oder?« sagte er. »Und wer weiß, was wir von den Gefangenen erfahren werden. Sie sind sicherlich nicht alleine in den Wäldern unterwegs.«

Mynwan runzelte die Stirn. »Und wenn sich einer befreit?«

»*Dann* schlage ich ihn tot. Versprochen«, grinste Ash, mit schlichtem Selbstbewusstsein, als handele es sich um eine Fliege.

Mynwan fand die Arglosigkeit des Burschen erschreckend. Noch schlimmer aber war, dass er keine Anstalten machte, mit den wohlhabenden Dörflern über Bezahlung zu verhandeln.

Stattdessen brachte er Achter Brunnscheid dazu, die sechs überlebenden Orks in einen Raum verfrachten zu lassen, der von zweien der Bauern bewacht wurde, und wartete dort darauf, dass sie ihr Bewusstsein wieder erlangten.

Es war beachtlich, wie dieser Junge dem erfahrenen Krieger Mynwan das Heft aus der Hand nahm. Er war schlichtweg schneller gewesen: Die Dörfler erwarteten Anleitung und Führung, und Ash hatte ihnen genau das gegeben.

»Ich weiß nicht, was Orks essen, aber ich denke, es wäre korrekt, ihnen etwas zu trinken zu geben, wenn sie wach werden«, entschied er. »Ich weiß überhaupt verflucht wenig über Orks, auch wenn ich glaube, dass Sheman´O über sie geschrieben hat. Ich wünschte, ich hätte ihn aufmerksamer gelesen.«

Sheman´O, soso, dachte Mynwan. Der Bursche hatte eine klassische Ausbildung, mit Sicherheit war er mit einem goldenen Löffel im Mund aufgewachsen.

»Ich bin mir nicht sicher über die Moralvorstellungen von Orks, aber ich habe gehört, dass sie in Familienverbänden leben, und dann legen sie wohl Wert auf ihre Verwandten«, fuhr Ash fort. »Ich denke, mit etwas Glück können uns diese sechs hier als Geiseln helfen.«

Die fest verschnürten Gefangenen lagen in einem Stapel auf dem Boden, noch immer bewusstlos. Einer von ihnen hatte eine tiefe Schädelwunde, die Mynwan zweifeln ließ, ob er jemals wieder wach werden konnte.

»Geiseln?« fragte einer der Dorfältesten erstaunt. »Das bedeutet, wir müssten verhandeln.«

Ash nickte. »Falls das möglich ist.«

Die Dörfler tauschten verunsicherte Blicke, so dass er hinzufügte: »Meister Mynwan hat es bereits gesagt: Wenn Orks in den Wäldern auftauchen, wird das Leben für Menschen ungemütlich. Aber vielleicht gibt es eine Möglichkeit, mit ihnen einen Frieden zu schließen. Die Wälder sind ziemlich groß.«

»Es gibt darin aber auch viele Siedlungen«, stellte ein anderer Ältester fest. »Ich weiß nicht, ob da Platz ist für...«, er machte eine vage Bewegung mit der Hand in Richtung der Orks, seine Miene verriet Ekel angesichts der massigen Monster mit der dicken, grünlichen Haut und den hervorstehenden Reißzähnen über gewaltigen Kiefern.

»Das weiß ich auch nicht. Aber vielleicht ist es eine Chance. Möglicherweise ist es ja nur eine kleine Bande von Marodeuren, aber Isrogant ist seit der Flut in Bewegung. Es kann auch ein ganzes Volk sein, das Platz für sich beansprucht.«

Mynwan sah Entsetzen auf den Gesichtern der Dörfler. Er räusperte sich und verfolgte amüsiert, wie langsam die Aufmerksamkeit sich ihm zuwandte. Aus dem Augenwinkel sah er, wie Gooregan sich gegen den Türrahmen lehnte, eine Hand auf dem Griff seines Schwertes, der bemerkenswert abgenutzt aussah.

»Meister Gooregan kann Recht haben«, brummte er. »Vielleicht haben wir aber auch schon die ganze Bande erschlagen. Dann habt ihr ein Problem, was ihr mit den Überlebenden macht.« Er ließ das eine Sekunde einsickern, bevor er hinzufügte: »Ich würde sie ja kopfunter auf dem Dorfplatz aufhängen und ausbluten. Ihr könnt sie dann gleich baumeln lassen, als Abschreckung für andere Störenfriede.«

Das sorgte für noch mehr Entsetzen. Das übliche: Die Leute wollten einen Krieger, einen Helden, aber sein Handwerk machte ihnen dann doch Angst.

Mynwan hatte einen Einwand aus Gooregans Richtung erwartet, aber der wartete entspannt ab.

Also sprach er selber weiter: »Wenn es noch mehr von diesen Alptraum-Buben gibt in den Wäldern, dann braucht ihr eine Strategie. Eine Mauer alleine hilft euch nicht. Ihr braucht Kämpfer.«

Allgemeines Nicken.

»Wie ich schon gesagt habe, könnt ihr mich nicht bezahlen«, wohlweislich ließ er Ash Gooregan in seiner Argumentation aus, »aber ich könnte einige von euch ausbilden. Gegen vagabundierende Orks wie diese könntet ihr euch so zur Wehr setzen.«

Noch immer keine Reaktion aus Richtung der Tür, nur die Dörfler schienen erleichtert. Ein konkreter Vorschlag lag auf dem Tisch, und auch wenn es anders klangt als das, was sie erwartet hatten, jetzt wollten sie Lösungen.

Achter Brunnscheid unterbrach das zustimmende Gemurmel: »Meister Gooregan, was sagt Ihr dazu?«

»Klingt nach einer guten Idee«, kam die prompte Antwort.

Mynwan fand das erstaunlich. Der Junge schien keinerlei Konkurrenzgefühle zu hegen. Was machte er hier?

Sie hatten keine Zeit, das weiter zu besprechen, denn durch eine Tür trat einer der Bauern und verkündete: »Zwei der Orks sind erwacht.« Und dann, mit ungläubigem Unterton, als verkünde er ein unerwartetes Wunder, fügte er hinzu: »Und sie sprechen.«

Ash Gooregan verschwand aus dem Raum.

**

»Seinen Vater fragen?« Mynwan wollte seinen Ohren nicht trauen. »Das hat er gesagt?«

»Ja, genau das«, bestätigte Achter Brunnscheid. »Er spricht exzellentes Isrogant, der junge Ork. Ordruk ist sein Name. Scheint ein ziemlicher Kämpfer zu sein, obwohl er etwas kleiner ist als seine Gefährten.«

»Gefährten...«, wiederholte Mynwan. Das war eine seltsame Art, über Monster zu sprechen, die gerade eben noch das Dorf dieser Siedler verwüstet hatten.

»Egal, wie Ihr sie nennen wollt.« Der Dorfälteste schien unangemessen beeindruckt von dem Gespräch mit den Gefangenen. Mynwan ärgerte sich, dass er nicht mitgegangen war, um sie zu befragen.

Jetzt kam auch Ash Gooregan zurück. Er wirkte beinahe fröhlich. »Sieht aus, als sollten wir mit dem Vater des jungen Anführers sprechen«, sagte er. »Toller Name – Örrgadan. Klingt wirklich orkisch.«

»Der Vater heißt Örrgadan?« fragte Mynwan.

Ash nickte. »Der Anführer einer ganzen Orkraude, die sich an den Teralion-Stränden eingenistet hat.«

»Das ist ein Stück im Norden von hier, oder?«

Wieder nickte Ash. »Scheint so. Ein paar Tagesmärsche durch die Wälder. Wir werden wohl nicht ganz so schnell sein wie die Orks auf dem Weg hierher. Die sind ganz schön kräftig. Und ausdauernd.«

Die Bewunderung, die in diesen Worten mitschwang, passte Mynwan überhaupt nicht, aber etwas anderes gefiel ihm noch viel weniger. »Wir werden wohl nicht ganz so schnell sein? Wer ist wir? Und wieso sollten wir zu den Teralion-Stränden reisen?«

»Um mit Örrgadan zu sprechen«, sagte Achter. »Dem Orkführer. Um über eine Lösung zu verhandeln.«

»Was für eine Lösung soll das denn sein?« Mynwan rieb sich mit den Händen über die Augen. Was hatten sich diese verrückten Bauern da ausgedacht?

»Irgendetwas, mit dem wir in Zukunft nicht dauernd in fruchtlose Kämpfe verstrickt werden.« Der Dorfälteste unterstrich das mit einem Schlag auf den Tisch. »Wir brauchen Frieden und Sicherheit. Und Orks können das gewaltig stören.«

»Und wenn dieser Raudenführer sich auf keinen Handel einlässt?«

»Dann verlassen wir uns auf den Sicherheitsplan. Wir möchten gerne schon morgen mit der Ausbildung anfangen, von der Ihr gesprochen habt, Meister Mynwan.«

Der Krieger atmete durch. »Nun denn«, sagte er. »Wer reist zu den Teralion-Stränden?«

Achter Brunnscheid legte eine Hand auf die Schulter von

Ash Gooregan. »Dieser Herr hier hat sich bereit erklärt«, sagte er. »Unser Dorf verfügt über einen ausgezeichneten Scout. Sie wird ihn nach Teralion bringen, und hoffentlich auch wieder zurück.«

»Sie?«

»Ja, Ieya, Tochter von Remda und Golon, eine hervorragende Pfadfinderin und Jägerin.« Brunnscheid lachte. »Ich bin sicher, Meister Gooregan wird sie mögen.«

**

Ieya wirkte nicht wie ein erfahrener Scout. Sie hatte nichts von den Jägern und Fallenstellern, die Ash andernorts kennengelernt hatte. Ihre Erscheinung war zart, ihre Stimme sanft, ihre Figur schlank und zierlich. Er hätte sie für ein junges Mädchen gehalten, wären da nicht die kleinen Fältchen um Augen und Mundwinkel gewesen.

Sie mussten von ihrem Lächeln kommen. Es erschien bei den erstaunlichsten Gelegenheiten aus dem Nichts, etwas verschmitzt, bildete einen interessanten Kontrast zu ihrer sonst introvertierten Erscheinung.

Zu ihrem ersten Treffen brachte sie Landkarten mit, die sie auf dem Tisch ausbreitete, um den herum die üblichen Verantwortlichen saßen: Achter Brunnscheid und andere Älteste sowie der Recke Mynwan, der sich sein Kopfschütteln ob der Idee, mit Orks zu verhandeln, zumindest nicht mehr anmerken ließ.

»Die sind erstaunlich detailliert«, stellte Ash fest. »Keine adjagarischen Wegkarten.«

Ieya ließ ihr Lachen blitzen. »Es sind Kopien von Originalen aus der Zeit Adjagards. Seitdem hat niemand mehr das Land hier vermessen.«

Ash bemerkte Markierungen, die nachträglich mit Kohlestift auf dem Papier gemacht worden waren. »Sind das die Schäden durch die Große Flut?«

Sie nickte. »Auch. Die ganze Küstenlinie im Norden der Borrmal-Wälder hat sich verschoben. Die Teralion-Strände.«

Das setzte irgendeine Erinnerung bei Ash frei, die sich aber nicht greifen ließ.

»Die meisten Scouts sind sehr stolz darauf, keine Karten zu brauchen«, bemerkte er gedankenlos, bevor ihm auffiel, dass das auch wie Kritik klingen konnte.

Aber sie lächelte nur wieder. »Wer so eitel ist...«, erwiderte sie leichthin. »Ich finde sie unheimlich praktisch.«

Jemand hatte den Standort des Dorfes mit einem roten Punkt versehen, ziemlich exakt in der Mitte eines flachen Tals, das als »Alion-Niederungen« bezeichnet war. Umgeben war es von dichten Wäldern, die auf der Karte mit »Südwald« bezeichnet waren. Nördlich schloss sich der »Mittelwald« an, dominiert von einem großen See, in den eine Halbinsel hineinragte, auf der etwas eingezeichnet war, das Ash für eine Stadt hielt.

»Wer lebt dort?« fragte er..

»Eine alte Festung«, antwortete Ieya. »Es ist nicht viel davon übrig, auch wenn es auf der Karte so aussieht, als habe sie während der Ius Adjagard noch existiert.«

Er nickte. »Kein günstiges Versteck für Orks?«

»Es gibt bessere«, meinte sie achselzuckend.

Das glaubte er ihr. Wieder musterte er ihre schmächtige Erscheinung und fragte sich, wie sie sich ganz alleine in den unheimlichen und auch nicht ungefährlichen Wäldern schlagen mochte. Der Krieger in ihm stellte sich die Frage, welche Waffe sie wohl führte.

Als er seine Aufmerksamkeit zurück auf die Landkarte lenkte, fing er einen Blick von ihr auf. Hatte sie ihm zugezwinkert? Konnte das sein?

Irritiert suchte er nach dem Ort, den ihre Gefangenen ihnen genannt hatten. Ruinen am Nordstrand? Nordstrand, das musste Teralion sein, oder nicht?

»Ich denke, die Orks meinen Mijoras. Schaut hier, die

Teralion-Strände liegen an der Meeresseite der Teralion-Halb–
insel. An der Landseite der Halbinsel liegt das Mündungsgebiet
des Flusses Nenëa.«

»Der fließt durch Dnipr-Daphne«, stellte Ash fest.

»Genau. Einer der größten Ströme im Grafenkaiserreich. Im
Mündungsgebiet gab es etliche Siedlungen, aber keine große
Stadt, und die Große Flut hat sie mit sich weggerissen. Ganz
Teralion stand unter Wasser. Man sieht die Verwüstungen
noch.«

»Ich verstehe.«

»Mijoras liegt am Ostende der Halbinsel, wo sie mit der
eigentlichen Küste verbunden ist. Es muss einst eine große
Stadt gewesen sein, aber sie ist schon zu Zeiten der Ius Adja–
gard verlassen worden. Die Große Flut hat den Ruinen den
Rest gegeben. Trotzdem stehen dort noch viele Gebäude, und
auch die Reste der Stadtmauer sind recht beeindruckend.«

»Ihr wart schon dort?«

»Ja, einmal. Aber ich bin nicht lange dort geblieben. Ich muss
auch nicht unbedingt nochmal hin.« Nach kurzer Pause fügte
sie hinzu: »Nun gut, anscheinend muss ich doch. Aber ich bin
ja in Begleitung eines starken Beschützers.«

Diesmal sah Ash ihr Zwinkern ganz deutlich.

Was er über die Ruinen von Mijoras hörte, klang
ausgesprochen unbehaglich, aber eine tagelange Reise zur
Küste mit dieser Frau versprach spannend zu werden.

Er konnte es kaum erwarten.

**

Während seiner eigenen Wanderung durch die Wälder waren
sie ihm langweilig und eintönig erschienen, trotz ihrer blühen-
den Fruchtbarkeit. Mit Ieya wurden sie zu einem bunten
Garten voller kleiner Wunder. Sie hatte viel zu erzählen, kleine
und große Geschichten und Erinnerungen. Sie war eine so
eloquente, übersprudelnde Gesprächspartnerin, dass Ash sich

fragte, wie sie es alleine in der Einsamkeit aushielt.

Die Wälder waren friedlich. Er konnte sich nicht vorstellen, wie eine Orkraude diese Ruhe störte, aggressiv schnaubend, eine Schneise der Verwüstung hinterlassend.

»Ich sehe keine Verwüstung«, entgegnete sie, als er diesen Gedanken äußerte.

Unwillkürlich sah er sich um. »Sie haben vielleicht einen anderen Weg genommen?«

»Ob wir da Verwüstung sehen würden?« Ihre Stimme klang zweifelnd.

Darüber dachte er schweigend nach.

Sie machte einen Schlenker um eine große Baumwurzel und hakte sich bei ihm ein. »Wisst Ihr, Meister Gooregan, es sind die Menschen, die den Wald verwüsten. Natürlich machen sie alles nur schöner – bauen Häuser, Mauern, Straßen, richten Gärten ein, wo vorher Wildwuchs war, und Felder, auf denen Nahrung wächst.«

»Klingt doch nicht schlecht.«

»Nö. Aber nach allem, was ich gehört habe, lassen die Orks alles, wie es ist.«

Wieder schwieg er. Sie hatte vermutlich Recht.

Ihre Hand glitt an seinem Arm hinauf, über seine Schultern und den Rücken hinunter zu seinem Gesäß. Er schloss kurz die Augen.

»Du bist auch ganz gut im Verwüsten«, sagte sie leise. »Ich war ja nicht im Dorf, als die Orks es überfallen haben, aber ich habe gesehen, wie ihr sie zugerichtet habt, du und dieser Schnösel.«

Fast hätte er etwas gesagt wie: »Sie haben angefangen«, aber er fing sich rechtzeitig, weil ihm klar wurde, wie dumm das geklungen hätte. Wie ein Schuljunge, der auf einen anderen zeigt, nachdem sie vom Lehrer beim Raufen erwischt worden sind.

»Du stehst nur auf der anderen Seite«, fuhr sie fort. Der leichte Druck ihrer Hand verschwand. »Und du bist nicht so hässlich.« Sie lachte, hell und fröhlich.

»Schön zu hören«, grummelte er.

Er grübelte noch über die Frage der Seiten. Auf welcher Seite standen denn Orks? Was war eigentlich ihre Position? Was trieb sie dazu, ein Menschendorf zu überfallen?

»Vielleicht finden *Orks* mich ja hässlich«, stellte er schließlich fest.

Sie schauderte. »Ich will hoffen, dass sie *mich* hässlich finden. Es reicht mir, wenn sie mich erschlagen wollen. Ich möchte nicht von ihnen vergewaltigt werden.«

Wie kam sie nur auf eine solche Idee? Musste sie das so unverblümt aussprechen? Er suchte nach einer passenden Entgegnung.

»Niemand könnte dich hässlich finden«, sagte er schließlich. Seine Augen glitten an ihrer schlanken Gestalt hinunter und wieder hinauf.

»Na, dankeschön«, entgegnete sie.

Es klang nicht begeistert.

**

Am Abend saßen sie gemeinsam an einem rauchlosen Lagerfeuer, das sie mit großem Geschick gebaut hatte. Von ihr konnte er noch lernen, und genau das tat er auch. Er verfolgte ihre Arbeit aufmerksam.

Sie tat das Gleiche, als er nächsten Morgen mit einigen Formübungen begann, die er in Dan Dered gelernt hatte, der großen Kriegerstadt des Reichs der Elf Großen Stadtstaaten. Es lag gar nicht weit entfernt von hier – hinter dem Grafenkaiserreich Dnipr-Daphne.

Er machte unbeirrt weiter, wappnete sich aber im Inneren gegen die vielen Fragen, die fast unweigerlich folgen würden. Meist brachte ihn anderer Leute Neugier in eine unangenehme Lage. Er wusste um seine eigenen athletischen Fähigkeiten, und natürlich boten gerade Formen ausreichend Gelegenheit, diese auch zu demonstrieren. Wie ein Angeber wollte er aber nicht dastehen, schon gar nicht vor Ieya.

Als er fertig war und sich mit einem kleinen Handtuch den Schweiß von der Stirn wischte, fragte sie aber gar nichts. Sie nickte kurz, dann stand sie auf und verschwand in Richtung des kleinen Baches, in dessen Nähe sie gelagert hatten.

Das gefiel ihm.

Der Tag begann friedlich, während sie durch die Natur wanderten, bis sich vor ihnen der Wald lichtete und den Blick freigab auf ein schmales Tal, das sich nach Norden hin zu einer Tiefebene weitete. Unter dem dort wachsenden Gras vermutete Ash morastigen Boden, der die Durchquerung vermutlich zu einer Hölle machen würde, aber Ieya war unbekümmert.

»Die Wiesen sind trocken«, sagte sie. »Wunderbar, um schnell voranzukommen. Man muss nur etwas aufpassen, wohin man tritt.«

Was sie damit meinte, wurde schnell klar: Das Gras war zu hoch, um den Boden sehen zu können, doch dieser war übersät mit den Überresten einer uralten Schlacht. Verrostetes Rüstzeug, alte Schwerter und Spieße, vereinzelte Knochen von Menschen und Tieren... hier mussten sich erstaunlich große Heere begegnet sein.

»Es sind nicht alles Menschen«, meinte Ieya. »Schau hier.«

Sie deutete auf Gebeine, die schon durch ihre schlanke Form auf Elben hindeuteten. Eine gedrungene Rüstung ließ darauf schließen, dass auch Zwerge beteiligt gewesen waren.

Ash blickte sich um und hatte den Eindruck, dass ein Gelehrter in diesen Resten möglicherweise lesen konnte wie in einem Buch. Ein seltsamer Gedanke, der mit einem kleinen Stich einherging: Wenn das so wahr, dann verschwand hier jeden Tag wertvolles Wissen, weil uralte Waffen und Ausrüstung unbeachtet verrotteten, während ihre Besitzer dem ewigen Vergessen anheimfielen. Das war unendlich traurig. Tapfere Krieger, die ihre Familien verlassen hatten, um für eine Sache einzustehen, an die sich heute niemand mehr auch nur erinnerte.

»Im Angesicht der Ewigkeit sind alle hehren Ziele nur Strohfeuer.«

Mit diesen Worten brachte sie ihn endgültig aus dem Tritt. Er blieb stehen und musterte sie. Zum dritten Mal in Folge hatte sie seine Gedanken erraten, das konnte doch kein Zufall sein?

»Was ist los?« fragte sie.

»Hast du ein Geheimnis vor mir?« entgegnete er.

Sie lachte auf. »Viele. Wir kennen uns ja kaum.« Mit einer zwanglosen Bewegung hakte sie sich bei ihm unter. »Weißt du, man muss kein Gedankenleser sein, um zu erraten, was dir durch den Kopf geht.«

Sie hatte es schon wieder getan.

**

An diesem Abend erreichten sie eine andere Siedlung. Weitläufige Gehöfte, fette Felder, Vieh auf den Weiden, bewaffnete Bauern, die außerhalb einer eindrucksvollen Mauer Patrouille gingen.

»Sie nennen ihr Dorf Moraw. Auswanderer aus Dnipr-Daphne«, erklärte Ieya. »Ich glaube, sie waren schon dort reich und sind hier noch wohlhabender geworden.«

Das war eindeutig, auch wenn es sich um die Art bäuerlichen Wohlstands handelte, die Ash als Städter nicht wirklich würdigen konnte: Satt zu Essen, Geschirr im Schrank, Vorräte für schlechte Zeiten und ein solides Dach über dem Kopf.

»Geizig sind sie auch«, ergänzte Ieya. »Ich würde hier gar nicht anhalten, wenn sie nicht diese fantastischen Honigkuchen backen würden.«

Die Kuchen waren in der Tat so großartig, dass Ash seine Meinung über bäuerlichen Wohlstand noch einmal revidierte. Um so mehr, als sie in den kommenden Stunden wieder von dichtem, naturbelassenen Urwald umfangen wurden, in dem jeder Schritt zur Mühsal wurde.

Schon am kommenden Morgen wurde er für diese Plackerei entschädigt. Ieya weckte ihn früh, noch vor Sonnenaufgang, und zog ihn hinter sich her zum Rand der Bäume. Der See vor ihnen lag in dichtem Nebel, silbernes Mondlicht darüber.

»Das ist magisch«, flüsterte Ash.

»Allerdings. Und auf der anderen Seite warten die Teralion-Strände.«

**

An diesem Abend brieten sie Pilze in einer kleinen Pfanne, die Ieya mit sich trug.

Ash war skeptisch gegenüber Pilzen. Seiner Erfahrung nach schmeckten sie häufig labberig und führten nicht selten zu Magenverstimmung. Er hatte Menschen an Pilzvergiftungen schrecklich leiden sehen – was ihm selbst allerdings erspart geblieben war, wie die meisten ernsthaften körperlichen Leiden. Seine Gesundheit war unglaublich stabil.

In jedem Fall aber schienen die leckersten Pilze immer an den ekligsten Stellen zu wachsen.

»Nur ein guter Sammler findet die wirklich guten Pilze«, sagte sie, als sie seine Bedenken bemerkte. »Das kann nicht jeder. Aber schau mal hier.«

Sie trat an den Stamm eines schon vor endlosen Zeiten umgefallenen Baumes, der von Pilzen fast vollständig überwachsen war. Er hörte sie leise Worte murmeln, die er nicht verstand. Bläulicher Schimmer legte sich um den Baumstamm, verdichtete sich an einigen Stellen, wie Nebel, der vom Wind zusammengetrieben wird. Sie hob ihre Hände über den Stamm, und da: An ihrer rechten Hand funkelte ein Edelstein, der ihm zuvor nicht aufgefallen war. Nicht einmal den Ring hatte er bemerkt, obwohl Schmuck an dieser so natürlichen Frau eigentlich wie ein Fremdkörper hätte wirken müssen.

Das Licht strömte aus dem Ring, verdichtete sich weiter, bis eine Auswahl an Pilzen leuchtend blau herausstach. Lächelnd sammelte sie diese vom Baumstamm und warf sie in die kleine Pfanne. Dann schloss sie die Hand, öffnete sie wieder – das Leuchten verschwand.

»Die besten«, stellte sie fest und rappelte mit dem Inhalt der Pfanne. »Keine Gifte, kein Schmutz und voll guten Geschmacks.«

»Magie«, murmelte er leise.

Sie strahlte, und das machte sie noch ein bisschen schöner. »Nur ein kleines bisschen«, antwortete sie. »Ich hatte nie eine vollwertige Ausbildung, und der glanhír, den ich besitze... der ist mehr ein Splitter als ein echter Stein.«

Er sah auf die Pilze, die sie so eindrucksvoll gesammelt hatte. »Dann lass uns mal kochen. Ich bin gespannt.«

**

Der Wald reichte bis nahe ans Wasser, brach dann schroff ab zu einem sandigen Ufer ohne Wellen: nur ein- bis zweihundert Meter entfernt lag Teralion, sichelförmig der eigentlichen Küste vorgelagert, eine schmale Insel, ebenfalls bewaldet.

»Das sind nicht die Teralion-Strände«, stellte er fest.

»Nein, die sind auf der anderen Seite der Insel, zum offenen Meer hin. Teralion ist mit dem Festland verbunden, weiter im Osten, wo die Ruinenstadt Majoris liegt.«

»Ich nehme an, dort müssen wir hin, wenn wir zu den Stränden wollen.«

»Ich denke, wir müssen dort sowieso hin, um mit den Orks zu verhandeln«, sagte sie. »Aber um zu den Stränden zu kommen, müssen wir nur ein bisschen warten. Bald wird hier Ebbe sein, dann kann man über das Meer gehen, mit fast trockenen Füßen.«

»Beeindruckend.«

»Wir können sogar frische Muscheln sammeln. Wenn die Möwen nicht schneller sind.«

Ash gelang es, im flachen Wasser zwei Fische zu fangen,

bevor die Ebbe kam.

Das küstenseitige Ufer Teralions begrüßte sie mit struppigem Gras und niedrigem Buschwerk, bevor der Wald wieder begann. Kein Festlandwald, sondern schlanke, gebogene Bäume. Es gab so gut wie kein Unterholz, dafür den Geruch des Meeres und das Schreien der Möwen in frischer Luft. Ash schloss einen Moment die Augen, genoss die Düfte und Geräusche, die ihn ein bisschen, aber nicht ganz, an seine Heimat erinnerten.

Ein irrationales Glücksgefühl überkam ihn.

Krachen und Klirren riss ihn in die Wirklichkeit. Ein surrendes Geräusch ließ ihn instinktiv ausweichen. Ein Pfeil schlug in den Baum neben ihm ein. Geschmeidig duckte er sich in die Deckung der Bäume, sein Gepäck glitt von seiner Schulter, das Schwert in seine Hand.

Aus dem Augenwinkel sah er, dass auch Ieya Sicherheit suchte: Schnell und gekonnt verschwand sie aus der Schusslinie. Eine tolle Frau, geistesgegenwärtig und geschickt, kein Prinzesschen, die auf Schutz durch einen Ritter wartete.

Etwas von seiner Hochstimmung war noch übrig, und so erlaubte er sich die Eitelkeit, den nächsten Pfeil mit dem Schwert aus der Luft zu holen. Ein Kunststück ohne praktischen Wert, das sich aber erstaunlich leicht bewerkstelligen ließ. Langsame Pfeile, schlechtes Material, miserabler Schütze. Und schoss aus viel zu kurzer Distanz – ein Sprung über einige Baumwurzeln, eine Rolle durch weiches Laub, ein kleiner Ausfallschritt, und Ash stand neben dem Angreifer.

Sein Schwert fegte den Bogen aus seiner Hand, ohne Anstrengung bewegte Ash sich in den Rücken des Schützen, die linke Hand zog das Messer aus dem Gürtel, zuckte hoch, durchschnitt die Kehle. Mit der Hüfte schob Ash den sterbenden Angreifer von sich, so dass er Raum bekam für eine weitere Ausweichbewegung. Doch da war nichts mehr. Der Bogenschütze war alleine gewesen.

Ash sah auf ihn hinab. Ein Ork. Nicht ganz so groß wie die, die das Dorf überfallen hatten, nicht ganz so wuchtig. Ein Weibchen? Er beugte sich hinunter, drehte den Leichnam auf den Rücken. Schreckgeweitete Augen, pfeifender Atem aus dem Schnitt an der Kehle. Dieser Ork war noch nicht tot.

»Das ist ein Kind«, erklang Ieyas Stimme hinter ihm. »Kein ausgewachsener Ork. Sieh dir die Waffe an. Das ist ein Spielzeug.«

Sie hielt ihm den Bogen hin. Sie hatte Recht. Er hatte ein Orkjunges erschlagen. Dies war kein Krieger.

»Flut und Verderben«, murmelte er. »Das war wohl nicht nötig.«

»Warum hast du ihn überhaupt getötet?« Ihre Stimme hatte einen anklagenden Unterton.

»Er hat auf uns geschossen«, verteidigte er sich. »Es hätten noch mehr da sein können. Da blieb keine Zeit für langes Nachdenken.«

»Es sah nicht aus, als hätte dieser Gegner dich irgendwie gefordert«, stellte sie fest.

Der junge Ork schnaufte noch einmal tief, Blut sprühte aus seiner Wunde, dann brachen seine Augen und er blieb still liegen.

»Oh Mann, du elender Flutsäufer!« rief Ieya, und während Ash ob dieses Ausbruchs noch sprachlos war, trat sie ihm mit Wucht in den Hintern. Das verstärkte seine Hilflosigkeit noch. Er trat einen Schritt zurück, fort von dem Getöteten.

»Es tut mir leid«, sagte er. Ihre Wut erschien ihm bedrohlicher als die Ork-Pfeile.

»Das hoffe ich!« grimmte sie. »Großer Krieger, großes Arschloch, scheint mir.« Sie kniete sich neben dem Ork nieder, schloss ihm die Augen. Ihre Hand war voller Blut, als sie sich wieder erhob. »Ich habe keine Ahnung von orkischen Begräbnissitten. Vergraben ist vielleicht unangemessen.«

Er wäre nicht einmal auf diesen Gedanken gekommen.

»Ich hoffe, sie finden ihn«, fuhr sie fort. »Unsere Mission ist jedenfalls nicht einfacher geworden.«

Er seufzte.

Sie hatte Recht.

**

Die Insel war nur wenige hundert Meter breit, und schon bei den ersten Schritten fanden sie alte Gebäude. Was von den uralten Häusern noch stand, deutete auf prunkvolle, befestigte Villen hin, die von waldigen Dünen auf den Strand und das Meer hinunterblickten.

Ash konnte sich gut vorstellen, wie in den Zeiten Adjagards hier edle Herren und Damen an den wilden Stränden flaniert waren, in der Meeresbrise, die im Winter vermutlich scharf und kalt war, jetzt aber erfrischend. Sicherlich hatte es rauschende Feste gegeben und Lagerfeuer am Strand.

Jetzt waren hier nur die stolzen, aber auch melancholischen Ruinen, weißer Sandstrand, und die Wellen des Meers, das sich von hier in die Unendlichkeit erstreckte.

»Wir können an den Stränden entlang in Richtung Majoris laufen. Wenn wir näher kommen, sollten wir wohl die Deckung des Waldes suchen.«

»Vielleicht schon vorher«, warf er ein. »Hier unten sind wir eine hilflose Zielscheibe.«

Sie dachte einen Moment darüber nach. »Aber ist das nicht, was wir wollten? Mit ihnen reden? Wäre es dann nicht besser, sich nicht anzuschleichen, sondern offen zu nähern?«

»Vielleicht schießen sie zuerst und fragen dann?«

Sie musterte ihn abschätzig. »Vielleicht besteht nicht die ganze Gruppe aus dummen Kindern? Vielleicht denken die erwachsenen Orks ja anders?«

Er verstand das als Kritik an seinem eigenen Handeln und schlug die Augen nieder.

Wider besseres Wissen sagte er: »Also gut, probieren wir es.«

**

Knapp zwei Stunden marschierten sie über den Sand, während das Meer zu ihrer Linken an den Strand wogte. Dann tauchte vor ihnen eine Landzunge auf, gekrönt von einem alten Leuchtturm an ihrer Spitze, von dem sich eine verfallene Mauer ins Landesinnere zog. Durch die Reste eines alten Tores blickten sie auf Gebäude – die Ausläufer einer Stadt, die sich bis an die Strände hinunter erstreckten.

»Ich nehme an, das ist Majoris«, meinte Ash leise. Die Mauer und das Tor machten ihn nervös. Was früher ein Verteidigungsbollwerk war, bildete heute einen fantastischen Platz für einen Hinterhalt.

»Die Südstadt«, sagte sie. Nachdenklich blieb sie stehen. »Was machen wir jetzt?«

Er lachte. »Ist schon komisch. Den ganzen Weg hatte ich das Gefühl, wir folgen einem Plan. Und jetzt merke ich: Wir haben gar keinen.«

Ihr Lächeln machte ihn glücklich, nachdem sie ihm in den letzten Stunden so sehr gezürnt hatte.

»Du spinnst.« Sie drehte sich um, sah zurück auf ihre Fußspuren im nassen Sand. »Wir wissen doch, was wir wollen. Nur wie machen wir sie auf uns aufmerksam?«

»Im Moment befürchte ich eher, *dass* sie uns sehen.«

Es war kein Pfeil diesmal, sondern ein Speer. Eine Mordwaffe, die zur Jagd nicht taugte, sondern nur für den Krieg. Ein gewaltiges Geschoss, wie es nur ein starker Mensch hätte werfen können. Oder ein Ork.

Er verfehlte Ieya um Haaresbreite, als Ash sie zu Boden riss.

Warum haben sie nicht auf mich gezielt? dachte er.

Die Antwort kam sofort. Mit allergrößter Mühe konnte er einem zweiten Speer ausweichen, geworfen mit so viel Verzögerung im Vergleich zum ersten, dass er dahinter Taktik vermutete.

Mindestens zwei Gegner, dachte er. *Hoffentlich wirklich nur zwei*

Gegner. In dieser Position ist an Ausweichen nicht zu denken.

Er lag im nassen Sand, Ieya unter sich, bewegte sich jetzt krabbelnd weiter, so nah am Boden wie möglich, verschmolz mit dem Untergrund, blickte in die Richtung, aus der der Angriff erfolgt war.

Zwei, drei, vier... sechs hünenhafte Gestalten näherten sich von dort, aus dem Schutz der Mauer. Sie gingen selbstbewusst, wiegende Hüften, breite Schultern – oder war das die normale Gangart von Orks? Er konnte keinerlei Anzeichen von Vorsicht erkennen. Vielleicht dachten sie, sie hätten ihre Ziele getroffen?

Wie gut sind die Augen von Orks? fragte er sich.

Ieya rührte sich. »Was...?« fragte sie.

»Orks«, antwortete er. »Mindestens sechs. Etwa achtzig Meter, kommen näher.« Als sie sich aufrichten wollte, drückte er sie schnell nach unten. »Warte. Sie haben vielleicht noch mehr Speere, es ist besser, sie sind näher an mir, wenn der Kampf beginnt.«

»Der Kampf?« Sie fuhr wieder hoch. »Ash, das ist Flutschlamm! Wir sind nicht hier, um zu kämpfen.«

»Ach, und was sollen wir tun? Die haben mit Speeren geworfen! Die wollen Blut sehen!«

Ihre Naivität ging ihm auf die Nerven. Er bereute schon, in ihrem Dorf einige der Angreifer verschont zu haben. Was für eine bescheuerte Idee war das ohnehin? Verhandeln? Mit diesen Monstern?

Die herankommenden Orks wurden jetzt schneller, Ash sah ihre Schnauzen sich öffnen, riesige Zähne, lautes Brüllen. Ihre Linie zog sich auseinander, und sein geschulter Geist zeigte die Schwachstellen ihrer Formation, er wusste, wen er zuerst angreifen, wo er sich in die Mitte der Gruppe bewegen und wie er die anderen ausschalten würde.

Seine Hand fuhr zum Schwert, die Klinge glitt aus der Scheide. Ash kam hoch, sprang zur Seite, wechselte die Bewegungsrichtung, während sein Schwert sich in ein erstauntes

Gesicht frass, den Kiefer abtrennte, ein Auge zerfetzte. Sein Fuß fand den Weg in die Weichteile eines zweiten Orks – ja, sie *hatten* Weichteile, und er hoffte, sie präzise getroffen zu haben – während er die Klinge im Vorübergleiten aus dem sterbenden Körper des ersten Gegners zog und in elegantem Bogen einen Arm vom Körper trennte, den ein dritter Ork erhoben hatte, um ihn mit einer bedrohlichen Doppelaxt zu treffen.

Axt und Arm gingen zu Boden, ein Sprühregen von Blut benetzte Ash, dessen Klinge weiterflog und präzise den Kopf des Orks vom Körper trennte, der zusammengekrümmt von Ashs Tritt neben ihm kauerte.

Der heranstürmende Gegner besaß trotz der schweren Verletzung noch immer genug Schwung, dass Ash ihm ausweichen musste, um nicht überrannt zu werden. Er ließ seinen linken Fuß lange genug stehen, dass der Verwundete darüber stolpern konnte. Er schlug einige Meter neben Ieya in den Sand, und Ash bereute seine Entscheidung – Orkbeine waren hart, jetzt tat ihm das Schienbein weh.

Er zirkelte herum, das Schwert erhoben, bereit, den nächsten Angriff zu nehmen.

Die drei verbleibenden Gegner waren stehengeblieben, in gebückter Lauerhaltung, gewaltige Klauen nach vorne gestreckt. Ash sah zwei Schwerter, einen Dolch, eine weitere Axt und ein gerovanisches Rundmesser, eine normalerweise imposante Waffe, die in der gewaltigen Pranke des Orks wie ein Spielzeug aussah.

Er suchte nach Schwachstellen, sah eine herunterhängende Hand, starre Haltung bei allen dreien. Diese Kreaturen waren zu stark, zu viel an den Einsatz roher Kraft gewöhnt, hier musste er nicht mit technischen Finessen rechnen.

Den ersten Schritt konnte er ihnen dennoch nicht lassen. Drei unberechenbare Gegner: In ihrer Mitte wollte er nicht landen. Es galt, sie in einer Reihe zu halten, einen nach dem anderen zu bearbeiten.

Er täuschte nach rechts, sah ihre Reaktion, ließ zunächst sein

Schwert nach links gleiten, dann sein linkes Bein, den Rest des Körpers, die Klinge zuckte vor – und dann stand plötzlich die Zeit.

Nein, das war nicht richtig. Sie stand nicht. Sie wurde zäh. Die Schwertspitze blieb stecken, seine Muskeln wurden träge, und die drei Orks langsam. Seine Atmung ging schwer, als sei die Luft dicker als vorher, eine Qual, das Gefühl, zu ersticken.

Flut, Verderben und Versiegen des Geysirs, dachte er, und mit dem Fluch kam die Erkenntnis, dass sein Denken so schnell war wie immer. Die Zeit hatte ihren Verlauf nicht geändert. Nur er steckte in etwas fest. Er... und seine drei Gegner. Aus dem Augenwinkel sah er, dass die Wellen in gewohntem Tempo an den Strand brandeten. Eine Möwe flog durch sein Gesichtsfeld, auch sie so schnell wie immer.

Rückwärts, schoss es ihm durch den Kopf. *Was immer mich lähmt, es muss einen Mittelpunkt haben. Und zum Meer hin verschwindet es. Rückwärts.*

Doch das war leichter gedacht als getan. Seine Muskeln gehorchten ihm nicht, und wenn das schon beängstigend war, so war die zunehmende Atemnot noch schlimmer.

Die Orks bewegten sich ebenfalls nur in quälender Langsamkeit, in ihren Augen funkelten Panik und Wut.

Von der Seite trat Ieya ins Blickfeld. Ash sah, dass auch die Augen der Orks sich zu ihr hin drehten – langsam, unendlich langsam. Sie selbst hingegen bewegte sich völlig normal. Ihre rechte Hand war erhoben. Der *glanhír* an ihrem Finger blitzte.

»Magie«, sagte sie. »Ein lähmender Zauber.«

Sie winkte mit dem funkelnden Edelstein.

»Ich werde ihn aufheben. Aber sofort neu wirken, falls der Kampf weitergeht. Wir müssen reden, und dafür ist vielleicht sowieso schon zuviel Blut geflossen.«

Sie wandte sich an Ash. »Du – mach sofort einige Schritte zurück. Nimm das Schwert runter. Tote können uns nicht zuhören, und die Überlebenden werden dich hassen für das Gemetzel, das du anrichtest.«

Ärger kochte in ihm hoch. Sie war nur am Leben, *weil* er gekämpft hatte. Und er bezweifelte, dass diese Orks jemanden respektierten, der sich nicht im Kampf gegen sie durchsetzen konnte. Sie fragten nie, kämpften sofort.

Ein kleines Winseln entrang sich seiner Kehle. Mehr konnte er nicht tun. Er ließ die Muskeln seines Armes schlaff werden, doch es geschah nichts, außer dass die Spitze seines Schwertes sich einen Zentimeter senkte. Der Drang, Luft zu holen, wurde übermächtig, doch er konnte ihm nicht nachgeben.

»*Fíhash*!« hörte er Ieya sagen, und plötzlich konnte er wieder atmen. Sein Schwert fiel nach unten, und er musste schnell zugreifen, um es nicht zu verlieren. Einer der Orks stürzte hin, ein anderer fing sich mit einem Schritt auf, der dritte fuhr zurück, als sei er geschlagen worden.

Auch Ash machte einige schnelle Schritte rückwärts, stolperte in ein Loch im Sand, fand seine Balance, hob das Schwert in Bereitschaftshaltung.

»Keine Bewegung!« rief Ieya. »Ich meine es ernst!«

Schnauben von den drei Orks, erhobene Waffen, böse Blicke. Ash spürte, wie seine Handflächen vom Schweiß glitschig wurden. Keine gute Voraussetzung für den Kampf. Falls seine Gegner wieder attackieren wollten.

»Sprecht ihr Isrogant?« fragte Ieya.

Wieder ein Schnauben, kurzer Blickwechsel, dann richtete sich einer der drei Angreifer auf. »Ja, ich spreche die Menschensprache«, antwortete er. »Viele Orks tun das. Ihr Menschen macht euch nicht die Mühe, unsere Sprachen zu lernen.«

Ieya winkte ab. »Ich spreche auch nicht jeden menschlichen Dialekt.« Mit einer Hand deutete sie auf Ash. »Dies ist Ash Gooregan, Krieger aus der Stadt Ciena. Mein Name ist Ieya aus Wenscha. Euer Stamm hat unser Dorf überfallen. Wir haben sie vernichtend geschlagen und Gefangene gemacht.«

»Gefangene?« Alle drei Orks richteten sich auf, und Ieya zuckte zurück. Sie waren eindrucksvoll in ihrer Größe, strotzten vor Kraft, und doch lagen drei von ihnen in ihrem eigenen Blut direkt neben ihnen. Einer von ihnen regte sich noch schwach, hielt sich den Armstumpf.

Ash warf einen kurzen Blick hinüber. Er glaubte nicht, dass selbst ein guter Heiler dieses... Wesen... noch retten könnte.

»Gefangene«, erwiderte Ieya.

Ash bemerkte erstaunt, dass sie die Führung übernommen hatte. Selbst wenn er gewollt hätte: Niemand hörte ihm zu. Die Orks sprachen mit ihr. Er war nur ein Statist, nein: Eine bewaffnete Wache.

»Was wollt ihr hier?« fragte der Ork, der zuerst gesprochen hatte. Anscheinend waren diese Biester schneller als Ash, wenn es darum ging, veränderte Tatsachen zu akzeptieren. Ashs Ärger löste sich auf, in neugieriges Staunen. Ieyas Ansatz mochte funktionieren.

Trotzdem habe ich sie gerettet, dachte er, und beinahe hätte er über den eigenen Trotz gegrinst.

Während er so mit sich selbst beschäftigt war, führte Ieya die Verhandlungen fort. »Ordruk schickt uns zu Örrgadan.«

Das brachte Bewegung in die drei Orks. Sie wechselten einige Worte in orkisch, die Ash nicht verstand, aber den Namen des Raudenführers hörte er gleich mehrfach heraus, und tatsächlich lachten die drei.

Ieya blickte zu Ash hinüber, der noch immer sein Schwert in Bereitschaftshaltung vor dem Körper hielt. Ihre Augen verrieten ihre Irritation, und er zuckte mit den Achseln.

Einer ihrer Gefährten verblutete direkt vor ihren Augen, und sie machten Scherze.

Ach was, dachte er. *Menschen sind genauso. Kommt nur auf den Rahmen an. Nach wievielen Schlachten wird gejubelt und gefeiert, während die Verwundeten verrecken.*

»Ihr wollt zu Örrgadan. Kommt mit.«

**

Alles war anders, als Ash es erwartet hatte. Das Lager der Orkraude: Nicht in einem Gebäude, sondern im Park von

Majoris, bestehend aus Zelten und einfachen Hütten, aber geschmückt mit Fellen, Standarten, Waffen aller Art.

Die Größe der Orkraude: Ash zählte mehr als 150 Mitglieder.

Die Begräbniszeremonie für die Toten: Vielleicht hatten die drei Krieger am Strand gelacht, doch später am Tag trauerten sie, und die Feierlichkeiten für die Verstorbenen waren eindrucksvoll und ernsthaft.

Am erstaunlichsten aber war der Empfang.

Örrgadan war nicht der Größte, nicht der Stärkste und auch nicht der Älteste. Ash war sich nicht ganz sicher, was ihn zum Anführer qualifizierte, aber an diesem Anspruch bestand kein Zweifel. Der Respekt seiner Raude war unübersehbar.

Und Örrgadan war freundlich. Nachdem man ihn über den Besuch der beiden Menschen unterrichtet hatte, trat er auf den Platz in der Mitte der provisorischen Siedlung, grüßte Ieya mit einem Kopfnicken und legte Ash die Hand auf die Schulter.

»Du bist Ars Grogan. Wahrer Krieger, hör ich.« Ash sah die kraftvollen Kiefer, die Reißzähne, die funkelnden Augen, fühlte das Gewicht der riesigen Pranke auf seiner Schulter. Er beschloss, die falsche Aussprache seines Namens nicht zu korrigieren.

Der Orkführer sprach weiter, und sein Atem roch – nach Fleisch, nach Wildnis. Nicht schlecht, nur stark.

»Anders als Menschen sonst. Kommst nicht mit Armee und willst Orks schlachten«, sagte Örrgadan. »Kommst allein. Tötest starke Krieger, nicht nur Kinder.«

Ash zuckte zusammen, als er erkannte, was Örrgadan meinte. Es war also richtig gewesen, gegen die Krieger am Strand zu kämpfen. Der Orkführer hätte ihn andernfalls für einen Schwächling gehalten, der nur gegen Kinder bestehen konnte. Ob Ieya das einsehen würde? Nein. Eher würde sie ihn darauf hinweisen, dass er ja den Jungork gar nicht erst hätte töten müssen.

»Und dennoch«, rief Örrgadan jetzt, »dennoch! Hörst auf deine Frau. Redest, kämpfst nicht weiter.«

Sein Blick brannte. Die Pranke hob sich von Ashs Schulter,

Örrgadan trat zurück: »Ich mag das.«

Ash wagte ein Nicken.

»Danke«, sagte er, musste das Wort herauspressen, damit seine Stimme nicht brach. Zuviele Orks, zuviel Bedrohung, selbst für ihn.

Ieya rührte sich neben ihm. »Wir überbringen Grüße von deinem Sohn, Örrgadan.«

Der Orkführer fuhr etwas zurück und schnaubte. »Habs gehört.«

Seine Kiefer mahlten, aber er sagte nichts mehr. Stille breitete sich auf dem Platz aus.

»Später«, sagte Örrgadan schließlich. »Erst wichtigeres. Dann reden wir.«

**

Es irritierte Ash, plötzlich zu einem Teil der Trauerfeierlichkeiten zu werden. Er hatte diese vier Orks getötet, und jetzt gehörte er zur Trauergemeinde. Nach allem, was er bisher gelernt hatte, waren Orks wilde Bestien, so gefährlich wie hässlich, unzivilisiert, brutal und gnadenlos.

Und jetzt stand er in ihrer Mitte, und die Trauer der Raude erfasste ihn und ertränkte ihn in plötzlichen Schuldgefühlen.

Nach der Zeremonie wurden Reden gehalten — in orkisch, was er nicht verstand. Er überlegte, ob wohl von ihm erwartet wurde, auch etwas zu sagen. Oder ob es vielleicht richtig wäre, unabhängig von irgendwelchen Erwartungen. Doch er verwarf den Gedanken. Er wusste zu wenig über die Toten, er kannte die Rituale nicht und konnte wohl mehr Unheil anrichten als Gutes tun.

Also schwieg er, und als schließlich die Raude sich einem gewaltigen Festmahl hingab, zog er sich zurück. Was die Orks aßen und tranken, war ohnehin nichts für einen zarten Magen. Ob sie auch Rauschmittel zu sich nahmen und dann vielleicht aggressiv wurde, konnte er nicht einschätzen. Vor allem aber hatte er bei einem solchen Zusammensein noch mehr das Gefühl, ein fremdartiger Störenfried zu sein.

Ieya konnte er nirgendwo entdecken. Während der Zeremonie hatte sie noch neben ihm gestanden, jetzt war sie verschwunden. Sie hatten kaum Gelegenheit gehabt, mehr als ein paar Worte zu wechseln, seit sie in der Siedlung angekommen waren. Er wusste nicht, wie sie die Situation einschätzte, und noch viel weniger wusste er, wie sie ihm Moment zu ihm stand.

Langsam wanderte er durch die verfallenen Straßen der alten Stadt Majoris in Richtung Meer. Die Sonne war bereits untergegangen, und sobald er sich von dem Lärm und den Feuern der Orkraude entfernte, wurde es schnell dunkel. Eine dünne Mondsichel erhellte den Himmel nur schwach.

Den Träumen sei Dank war Majoris eine großzügig gebaute Stadt: Die Straßen breit, die Reste der Häuser verrieten vergangene Glorie, sie waren weitläufig, nicht hoch, warfen kaum Schatten.

Zur Küste hin gab es größere Häuserzeilen, Wohnungen und Geschäfte wahrscheinlich, doch als Ash das Wasser erreichte, wurde direkt wieder deutlich: Die verfallene Promenade, die wenigen Kais, die ins bewegte Meer hinausragten, waren keine Hafenanlage. Hier hatte es vielleicht Fischerboote gegeben, aber alles andere mussten Yachten und Passagierschiffe gewesen sein: Zu schmal, zu edel die Anlagen, zu deutlich das Fehlen von Lagerhallen.

In einer kleinen Bucht setzte er sich ans Wasser, ließ seine Beine von der brüchigen Hafenmauer baumeln, und sah den Wellen zu, die ans Land schlugen. Ein schmales Rohr aus rostigem Metall, kaum zu sehen im schwachen Mondlicht, fing seinen Blick. Es ragte einige Zentimeter aus der Hafenmauer heraus und hatte in lang vergangenen Zeiten irgendetwas – Regenwasser, Jauche, Abwässer – ins Meer getragen. Es war immer noch hier, nutzlos und vergessen. Das Wasser war schon genauso über es hinweggespült, als Ash noch in den Windeln gelegen hatte, und vermutlich ebenso, als Ashs Vater oder Großvater Kinder gewesen waren. Jeden Tag, jede Stunde, genau wie jetzt.

Es war nicht schön hier. Traurige Ruinen, dunkles Wasser. Kurzentschlossen stand er auf und setzte sich in Bewegung, raus aus der Stadt, zum Tor, durch das sie Majoris betreten hatten.

**

Etwas später saß Ash im Sand und ließ flache Steinchen über die bewegte Oberfläche des Meeres springen. Eine Herausforderung, der er allerdings keine Aufmerksamkeit widmete. Nicht mehr jedenfalls, als es gebraucht hatte, die Steinchen aus den Ruinen zusammenzusammeln und hierher an den Strand vor der Stadt zu tragen.

Seine Gedanken kreisten. Hatte er zu leichtfertig getötet, weil er die Orks für gefühllose Monster hielt? Wäre er anders mit ihnen umgegangen, wenn sie Menschen gewesen wären? War ihre Hässlichkeit schon Grund genug für Erbarmungslosigkeit? Fanden sie ihn vielleicht genau so hässlich?

Und was war das gewesen, als Örrgadan den Menschen grundsätzlich vorwarf, zu töten statt zu reden?

Was wusste er über Orks? Altes Zeug und Legenden, Beschreibungen aus den Schriften von Sheman´O, der noch zu Zeiten Adjagards gelebt hatte, und Gerüchte von einem neuen Orkreich, in dem ein Überork die verstreuten Rauden sammelte. Natürlich ging davon Gefahr aus für die zivilisierte Welt. Er erinnerte sich an entsprechende Berichte im Edöer Tageblatt, das die Fürsten und Könige lasen und das auch auf dem Schreibtisch seines Vaters im Kontor des Handelshauses Gooregan stets gelegen hatte.

Der Gedanke ließ ihn schmunzeln. Wie altmodisch elitär das war. Wie viele andere reiche Patrizier hielt sein Vater nichts von der Nachrichtengilde und dem von ihr herausgegebenen Isroganter Boten. Jeder konnte für den Boten schreiben, wenn er nur qualifiziert genug war, und jeder konnte das Geschriebene lesen, weil es an den Botschaftsgebäuden der Nachrichtengilde überall in Isrogant angeschlagen wurde. Das war keine Idee, die Rod Gooregan befürworten konnte.

Aber ganz egal – auch der Isroganter Bote zeichnete das Bild vom gemeingefährlichen Ork, der die zivilisierte Welt heimsuchte, die noch von der Großen Flut geschwächt war.

Nur waren diese Orks hier keine gedankenlosen Bestien.

Und trotzdem haben sie uns überfallen, dachte Ash. *Ohne Widerstand wären wir alle tot – Ieya, die Bewohner ihres Dorfes, und auch ich.*

Nur galt das umgekehrt auch für die Orks. Hätte es in diesem Teil Isrogants eine ernstzunehmende Staatsmacht gegeben, wäre die Raude gejagt und getötet worden.

Aber die Menschen waren zuerst hier! schoss es ihm durch den Kopf. *Die Orks kommen hierher und überfallen die Siedlungen.*

Aber war das so richtig? Er kramte in seinen Erinnerungen an die Schriften des Sheman´O, und irgendetwas sagte ihm, dass die Orks vor den Menschen, sogar vor den Elben und Zwergen in Isrogant gewesen waren.

Aber ob das stimmte? All das war in grauer Vorzeit geschehen, Tausende von Jahren waren seitdem vergangen, das Zeitalter der Wunder, das Zeitalter der Mystik, die Dunklen Jahre, die Erste Offenbarung, tausend Jahre Herrschaft der Ius Adjagard, die Große Flut und die Zweite Offenbarung – wer konnte aus so einer Vergangenheit Ansprüche ableiten?

Die Orks vielleicht, dachte er. *Wenn es stimmt, dass sie einen neuen Reichsgründer haben, der die Rauden vereint, dann wollen sie vielleicht genau diese Ansprüche erheben.*

Das war kein schöner Gedanke. Die Ius Adjagard hatte ein Machtvakuum hinterlassen, viele menschliche Reiche waren zerrüttet und schwach, lagen in Streit miteinander oder litten unter Bürgerkriegen. Viele mussten die Wanderung von Millionen aus den zerstörten Gebieten verkraften. Legenden sagten, dass die Drachen zurückkehrten, doch die Elben starben aus, die Zwerge hatten sich schon während der Ius

Adjagard zurückgezogen... und die Verfolgung von Mystikern und Andersartigen durch die Kirche des Einen Gottes tat ihr restliches dazu.

Vielleicht waren die Orks tatsächlich eine Gefahr?

Ein Geräusch schreckte ihn aus seinen Gedanken. Alarmiert blickte er sich um, die Hand am Schwertgriff, bis er erkannte, dass es Ieyas schlanker Schatten war, der sich aus dem Dunkel löste.

»Hier bist du«, sagte sie. Ihre Stimme klang freundlich, sanft, was ihn erleichterte. Er hatte befürchtet, sie sei noch immer ärgerlich.

»Hier bin ich«, bestätigte er. »Ich wollte nicht stören dort oben. Immerhin war ich es, der für die Toten verantwortlich ist.«

»Hm«, machte sie und ließ sich neben ihm im Sand nieder.

»Huch«, sagte sie, als sie bemerkte, dass sie auf seinen gesammelten Steinchen saß. Mit einigem Aufwand schob sie den kleinen Haufen, der von ihnen geblieben war, zur Seite.

Er grinste. »Bring das nicht durcheinander, ich habe viel Mühe gehabt, die zu finden.«

Im Mondlicht sah er, dass sie nickte. »Ich weiß«, sagte sie. »Richtige Form und Größe, da kann man nicht jeden beliebigen Kiesel nehmen.«

»Eine Kunst, die auszuwählen!« bestätigte er.

Wieder nickte sie.

Eine Weile schwiegen sie.

»Hör zu«, begann sie dann. »Ich hasse Töten. Ich mag es nicht einmal, Tiere zu töten, in Ordnung?«

»In Ordnung«, antwortete er. »Aber trotzdem isst du Fleisch.«

»Ja, aber das Töten mag ich trotzdem nicht. Vor allem nicht leichtfertig.«

Er hob abwehrend die Hände. »Ich bin zu schnell mit dem Schwert, meinst du.«

»Ich weiß nicht. Vielleicht bist du auch nur schneller im

Bewerten einer Situation. Mir geht das zu flott, ich kann nicht einmal einordnen, was passiert, und schon wirfst du mir blutige Leichen vor die Füße.«

Das klang furchtbar. So, als sei er der Ork. »Ich bin ein Krieger«, rechtfertigte er sich. »Das ist, was ich gut kann.«

»Wenn ich nicht dazwischen gegangen wäre, hättest Du alle sechs Angreifer am Strand getötet.«

Wieder hob er die Hände. »Aber du nennst sie selbst Angreifer!«

»Jajaja. Ich weiß. Hättest du nicht gekämpft, hätten sie uns beide auf der Stelle umgebracht.«

Er lächelte bitter. »Dann sind wir doch ein tolles Gespann.«

Sie ließ sich nach hinten in den Sand fallen und starrte in die Sterne. »Ja, vermutlich.«

Nachdenklich betrachtete er sie. Sie sah hinreißend aus, wie sie da lag, die Arme über dem Kopf ausgestreckt, ein Bein angewinkelt, als mache sie eine entspannte Rast auf einer angenehmen Wanderung. Die Situation war vollkommen irreal.

Sie erwiderte seinen Blick, und das erzeugte eine angenehme Wärme in seiner Brust.

»Ich habe mit Örrgadan gesprochen«, sagte sie.

Das kam unerwartet.

»Wann?«

»Eben, nach der Zeremonie, während die anderen ihr Gelage angefangen haben. Er hat mich zur Seite genommen. Du warst verschwunden, vielleicht hätte er sich sonst an dich gewandt.«

Ash zuckte die Achseln. »Vielleicht hält er dich auch für die Vernünftigere von uns beiden.«

»Kann auch sein. Jedenfalls hat er mir erzählt, warum sie hier sind.«

»Ernsthaft?«

»Ja, er war sehr gesprächig. Ich habs kaum glauben können. Sein Isrogant wird auch besser, wenn er erstmal ins Reden kommt. Es scheint, er hat eine recht gute Ausbildung genossen.«

»Nicht zu fassen.«

»Orks sind seltsame Gesellen.« Sie lachte leise und streckte sich im Sand. »Ganz anders als Menschen.«

»In Ordnung«, sagte er. »Also, wie ist seine Geschichte?«

»Hm«, machte sie wieder. »Es scheint, in der Orkenai, einem Teil der Acha´Id-Steppe, entsteht ein neues Orkreich. Irgendein Anführer hat sich zum Kaiser ernannt, zum Überork, und er will die Orks unter seinem Banner zusammenführen.«

»Ein Orkreich«, flüsterte Ash. »Also stimmen die Gerüchte tatsächlich.«

»Ja. Anscheinend müssen die Orkrauden ihre Jugendlichen an den Überork abgeben, bei dem sie eine Zeit lang dienen müssen, an seinem Hof, was immer das ist. Und das wollte Örrgadan nicht.«

Ash griff nach einem Stein und versuchte, ihn flitschenzulassen. Er verschwand mit wenig Eleganz in einer Welle.

»Das passt alles nicht in mein Bild von Orks«, stellte er fest. »Ich bin verwirrt.«

Sie antwortete nicht, doch als er zu ihr sah, bemerkte er ein feines Lächeln auf ihren Lippen. Es gefiel ihm nicht. Als hielte sie ihn für etwas dämlich.

»Was?« fragte er gereizt.

»Das passiert dir nicht oft, oder?«

»Was meinst du?«

»Na, dass du Sachen nicht verstehst. Mit all deiner Bildung, reiches Elternhaus, und dann bist du viel rumgekommen. Und wenn gar nichts mehr geht, kannst du dein Schwert benutzen, um die Dinge zu sortieren. Du kannst es nicht leiden, wenn du etwas nicht begreifst.«

»Was?« fragte er wieder, und ärgerte sich sofort, weil es genau so dämlich klang, wie er sich nicht fühlen wollte. Aber was sie sagte, brachte ihn noch mehr durcheinander. Sie hielt ihn nicht für dumm, sondern für oberflächlich und verwöhnt.

Sie antwortete nicht, sondern streckte sich, legte die Hände unter ihren Kopf und sah auf´s nachtdunkle Meer hinaus.

»Wie machen wir jetzt weiter?«

»Lass uns morgen noch einmal mit Örrgadan reden«, antwortete sie. »Ich meine, es muss eine Lösung geben. Die Menschen hier haben keine Lehnsherren, und in diesen Zeiten ist das gefährlicher denn je.«

»Richtig«, stimmte er zu. »Jede vorbeiziehende Orkraude kann Tod und Verderben bedeuten.«

Sie nickte. »Wenn sie aber nicht vorbeizieht, sondern in der Nähe lebt... Hier zum Beispiel. Teralion ist menschenleer.«

»Was?« fragte er schon wieder, doch jetzt hatte er genug.

»Feuer und Flut!« rief er. »Du willst darauf hinaus, dass die Orks hierbleiben sollen? Als Schutzmacht für die Menschen hier in den Wäldern?«

Sie setzte sich auf, schenkte ihm ein strahlendes Lächeln, griff nach ihm, zog ihn zu sich heran. »Du willst ja nicht hierbleiben, um uns zu beschützen«, flüsterte sie und drückte ihm einen Kuss auf die Lippen.

»W...« begann er, verschluckte die Frage und ließ sich von ihr in den Sand ziehen. Erregung ergriff ihn. Mondlicht, magische Umgebung, zauberhafte Frau... seine hungrigen Hände streiften ihr Hemd nach oben, eine Kaskade von Sand fiel aus ihren Kleidern, sie lachte, bis er sie küsste.

Die Welt war wunderbar. Das Leben war ein Traum.

**

Das Gespräch mit Örrgadan hatte fast den Charakter eines Geschäftsessens, wie Ash sie schon aus frühester Kindheit erinnerte: Wichtige Menschen trafen sich bei Tisch, saßen um eine reich gedeckte Tafel, tauschten Höflichkeiten aus und verhandelten ganz nebenbei weltbewegende Themen.

Tatsächlich war es seltsam, dass Ash ausgerechnet diese Assoziation hatte: Sie saßen nicht an einem Tisch, sondern rund um ein großes Tuch aus Leder, in dessen Mitte über einem kleinen Feuer ein schwerer Messingtopf hing, in dem ein

Sud aus Blut und Innereien brodelte. Zu trinken gab es heißen Tee orkischer Brauart, der so streng schmeckte, dass Ash Schwierigkeiten hatte, auch nur den Geruch zu ertragen. Auf dem Ledertuch häuften sich Leckereien aus den umgebenden Wäldern: Fleisch und Früchte, allerdings roh.

Jemand in Örrgadans Raude hatte einen hinreißenden Versuch gemacht, etwas Fleisch nach menschlicher Art zuzubereiten, was sowohl Ash als auch Ieya überraschte. Leider war das Ergebnis nicht besonders ansehnlich: Verbrannte Stücke zähen Fleisches, völlig verkochtes Gemüse, und als Höhepunkt daneben ein kleines Häufchen grobkörnigen Salzes, vermutlich Beuteware aus einem Überfall.

Die Geste zählte. Ash biss todesverachtend in das ungenießbare Essen und nickte anerkennend – in der Hoffnung, dass die Orks das wirklich nett gemeint hatten, und nicht als Verhöhnung ihrer Gäste.

Der Orkführer begriff Ieyas Idee schnell, und er war nicht minder skeptisch als Ash.

»Ich kanns mir nicht vorstellen«, brummte er. »Ein Wochenmarkt in einem eurer Dörfer, und Orks gehen einkaufen?«

Ieya nickte. »Ja. Und eine Bande von Plünderern, die die Bauern in Angst und Schrecken versetzen, bis Orkkrieger ihnen den Garaus machen.«

Örrgadan schnaubte. »Menschen, die Orks als Leibwache auf andere Menschen hetzen?«

»Nein, Orks, die als Schutzmacht über Menschen wachen.«

»Du meinst, Menschen, die einer Orkraude Schutzgeld zahlen müssen, damit ihnen nichts passiert.«

»Orks, die mit Menschen in einer Schutzgemeinschaft leben.«

»Aaaah!« Örrgadan winkte ab, und Ash hatte Mühe, angesichts der gewaltigen Pranke nicht zurückzuzucken. Er hob die Augenbrauen, als der Orkführer sich ein großes Stück blutiges Fleisch zwischen die Fänge schon und versonnen kaute.

Seine kleinen Augen funkelten, und Ash konnte nicht anders,

als das bedrohlich zu finden.

»Wer will das den Dörflern vermitteln?« fragte er.

Ash nickte. Diesen Gedanken hatte er auch schon gehabt. Es gab viele kleine Dorfgemeinschaften in den hiesigen Wäldern, nicht alle wurden so klug geführt wie die von Achter Brunnscheidt, und die Sturheit von Bauern war sprichwörtlich.

Wer wollte sie von so einem Projekt überzeugen?

»Ich mache das«, sagte Ieya. »Und ich werde jemanden aus eurer Raude brauchen, der mit mir gemeinsam von Dorf zu Dorf zieht und sich vorstellt.«

Ein unerwarteter Stich. Ieya, allein in diesen mystischen Wäldern, mit einem Ork? Eine leise Stimme in Ashs Hinterkopf fügte hinzu: »... statt mit mir?«

Er schalt sich einen Narren. Er würde nicht hier bleiben, also kam er als Reisepartner nicht in Frage. Und Eifersucht auf einen Ork, das war jetzt wirklich zu bizarr.

»Ordruk kann das machen«, hörte er sich sagen. »Er spricht gutes Isrogant, und er scheint ein kluger Kopf zu sein.«

Örrgadan nahm sich ein neues Stück Fleisch. Blut rann über die hornige Haut seiner Finger. Er sagte nichts.

»Ordruk ist der richtige dafür«, stimmte Ieya zu. »Wir brauchen vier bis fünf Wochen, alle Dörfer zu besuchen. Und dann noch einmal die gleiche Zeit, um die Entscheidungen der Dörfler abzuholen.«

»Wenn sie sich dagegen entscheiden?« fragte Örrgadan.

»Das werden sie nicht.«

»Wer sagt das?«

Jetzt schwieg Ieya, und Ash erkannte das feine Lächeln auf ihren Lippen, hinter dem sich ihre ganz eigene Starrköpfigkeit verbarg. Ob der Ork menschliche Mimik deuten konnte?

»Frau«, sagte Örrgadan. »Du hast Mut. Kommst hierher, in die Höhle des Löwen, und machst so einen Vorschlag.«

»Ich habe ja einen Beschützer mitgebracht.«

»Ja, das hast du.« Örrgadan neigte den Kopf in Ashs Richtung. »Ein guter Kämpfer war die Eintrittskarte hierher.

Aber retten kann er dich nicht, wenn ich deinen Kopf will.«

Das machte Ieya ärgerlich.

»Was soll das Gerede?« fragte sie. Ash verkrampfte sich, zwang seine Muskeln zur Entspannung, spürte das beruhigende Gewicht des Schwertes an seiner Seite.

Wollen wir sehen, ob ich sie retten kann, dachte er. Ein bisschen hoffte er auf eine solche Lösung. Die freundliche Seite der Orks, ihre seltsam menschliche Seite, machte ihm deutlich mehr Angst als ein geradliniger Kampf.

»Da schau«, hörte er Örrgadan sagen. »Dein Begleiter hat schon die Hand am Schwert. Er wäre jederzeit bereit, meinen Kopf zu nehmen.«

Ieya warf einen Blick zu Ash, der die Achseln zuckte.

»Ash hat keine Hand am Schwert«, stellte sie fest.

»Pah«, machte Örrgadan. Seinem Kämpferauge war Ashs Reaktion nicht entgangen, und es gab nichts darum herumzureden. »Der Krieger verbringt schon zwei Tage mit uns, hat an heiligen Riten teilgenommen und isst, was wir ihm gekocht haben. Und doch würde er mich schlachten, hier und jetzt.«

»Und du, Örrgadan?« fragte Ieya. »Wie schnell würdest du dein Schwert ziehen?«

»Ich benutze eine Axt.«

Ieya grinste.

»Was?« fragte der Orkführer, und das brachte Ash zum Lachen.

Ieya hatte diese Wirkung. Ein erstauntes »Was?« war eine typische Reaktion, aber es in dieser Situation von einem Ork zu hören, war zuviel.

»Was?« bellte Örrgadan wieder, diesmal in Richtung auf Ash.

»Sie ist so«, antwortete dieser, noch immer kichernd. »Dauernd eine neue Idee, und die Hälfte der Zeit kann man ihr nicht folgen.«

Der Ork starrte ihn an.

Abwehrend hob Ash die Hände: »Meister Örrgadan, Ihr habt ja recht. Natürlich würde ich jederzeit das Schwert ziehen und kämpfen, wenn es nötig ist. Und ich vertraue Euch und Euren Leuten kein bisschen. Alte Gewohnheiten sterben schwer.«

»Das will ich nicht hören«, grunzte Örrgadan.

Ash neigte den Kopf, das Lachen war gestorben. »Das tut mir Leid, aber ich bevorzuge, die Wahrheit zu sagen.«

»Kann sein«, antwortete der Orkführer. »Das schätze ich. Aber die anderen Menschen werden auch so denken.«

»Stimmt.« Ash wusste nicht, was er sonst sagen sollte. Als er einen Seitenblick auf Ieya warf, die wieder ihr stures, feines Lächeln aufgesetzt hatte, fiel ihm doch noch etwas ein. »Wenn es jemand schaffen kann, die Dörfler zu überzeugen, ist es aber Ieya.«

Örrgadan dachte darüber nach, dann beugte er sich leicht nach vorne und stellte eine wirklich überraschende Frage. »Ist die Frau hübsch?«

»Was?« Das kam diesmal von Ieya, und fast hätte es Ash zu einer weiteren Lachsalve gereizt. Er beherrschte sich mühsam. Die Frage war logisch. Was sollte der Ork über menschliches Schönheitsideal wissen?

»Sie ist wunderschön«, antwortete Ash. »Ihr Stil und ihr Benehmen sind außergewöhnlich, und bei Hofe gälte sie als unscheinbar, aber sie ist wunderschön.«

Örrgadan nickte. »So überzeugt sie damit?«

Ash schüttelte den Kopf. »Nein. Dazu benutzt sie ihr Charisma und ihre Unberechenbarkeit.«

»Ah«, machte Örrgadan, doch jetzt fand Ieya ihre Stimme wieder.

»Was ist denn das für ein Urteil?« fragte sie, an Ash gewandt. »Wie verhandelt ihr denn hier über mich?« Sie fuhr zu Örrgadan herum. »Ich könnte die gleiche Frage an dich stellen. Siehst du gut aus nach orkischem Geschmack?«

Der Orkführer lehnte sich zurück und zeigte seine Zähne.

»Kleine Menschenfrau, lass mich ehrlich sein«, grummelte er. »Jeder führt auf seine Weise. Und glaub mir... der Stärkste hier bin ich nicht.«

Diesmal musste Ash wirklich lachen.

**

Noch am nächsten Tag, als sie sich frühmorgens auf den Heimweg machten, haderte Ieya mit dieser Antwort.

»Ein Schönheitskönig«, sagte sie unvermittelt, eine gute Stunde, nachdem sie sich von den Orks verabschiedet hatten.

Ein unerwartet herzlicher Abschied, gekrönt davon, dass Ash von den Eltern des von ihm erschlagenen Orkjünglings eine Hasenpfote erhielt; ein Glücksbringer, der ihn an einen ehrenvollen Gegner erinnern sollte. Die Geste hatte ihn verwirrt, ebenso wie Örrgadans fester Händedruck, der nur all zu menschlich gewesen war.

»Ich hatte wirklich erwartet, dass eine Orkraude vom tapfersten Krieger geführt wird, vielleicht von einem Ältesten, jemand Weisem, Klugem. Aber ein Schönheitskönig?«

Ash kicherte, aber es war nur ein fahler Nachklang des gestrigen Gelächters.

»Es ist ja nicht so, dass sie ihn gewählt haben«, merkte er an. »Er sagt ja nur, dass ihm das dabei hilft, die anderen zu überzeugen.«

»Vermutlich hat er mit den meisten seiner Untertaninnen geschlafen.«

»Dann würden ihn seine männlichen Untergebenen aber eher hassen.«

»Vielleicht haben die Frauen ja trotzdem das Sagen.«

Ash seufzte. »Es gibt anscheinend noch viel zu lernen über das Leben in einer Orkraude.«

»Spannend, oder?«

Da war es wieder, ihr Lachen. Inklusive der kleinen Fältchen um die Augen.

»Jedenfalls war das eine gute Erfahrung«, stimmte er zu. »Und es sieht aus, als könntet ihr vielleicht Frieden schließen.«

»Nicht nur das. Die Orks könnten eine Lösung sein für die

Sicherheit von uns Siedlern hier in den Wäldern.«

»Wir beide wissen, dass euch da noch Probleme bevorstehen.«

»Jede Menge. Erst Widerstand, und später dauernd Streit und Reibereien.«

»Macht dir das keine Sorgen?«

Sie hob die Schultern. »Meinst du, die Träumer haben Adjagard nach der Ersten Offenbarung ohne Streit aufgebaut?«

»Na, wenn das kein Vergleich ist. Dein Selbstbewusstsein ist beeindruckend.«

»Große Leistungen werden an vielen Orten vollbracht. Nicht nur dort, wo Geschichtsschreiber es festhalten.«

Sie stiegen eine kleine Anhöhe hinauf, vorbei an jahrhundertealten Bäumen, die die Große Flut unbeschadet überstanden hatten, und alten Gemäuern, von vielen Jahren stark beschädigt.

»Und? Was wirst du machen, wenn wir zurück im Dorf sind?« fragte sie schließlich.

»Weiterziehen«, antwortete er. »Die Weiten Isrogants rufen. Es gibt viel zu entdecken und Neues zu lernen. Und vorher muss ich wohl wirklich einmal nach Hause.«

»Aha.« Sie machte einen kleinen Schlenker, stuppste ihn an im Weitergehen. »Würdest du noch ein paar Tage mit mir verbringen? Ohne Orks, ohne Aufgabe, ohne Mord und Totschlag?«

Sein Herz machte einen Sprung. »Das klingt zauberhaft.«

»Finde ich auch.« Ihre Hand fand seine. »Ich habe eine kleine Hütte an einem kalten Weiher, ein paar Stunden Marsch in Richtung Westen. Es ist schön da.«

»Ich bin dabei.«

Eine Weile wanderten sie weiter, Hand in Hand.

»Mynwan«, sagte sie dann. »Diesen Maulhelden müssen wir noch loswerden. Er setzt den Dörflern nur Flausen in die Ohren. Hat kein Gespür für die Welt, nur für sich selbst.«

Ash lachte. »Ich werde ihn vor die Tür setzen, bevor wir gehen. Und Ordruk muss zurück zu seinem Vater.«

»Ja, da gehört er hin. Nachdem Örrdagan mit seiner ganzen Raude aus der Orkenai geflohen ist, damit die Kinder bei ihren Eltern bleiben können...«

Er blieb stehen, zog sie an sich und küsste sie.

Unter ihnen erstreckte sich Teralion.

Eine magische Insel.

Voller Orks.

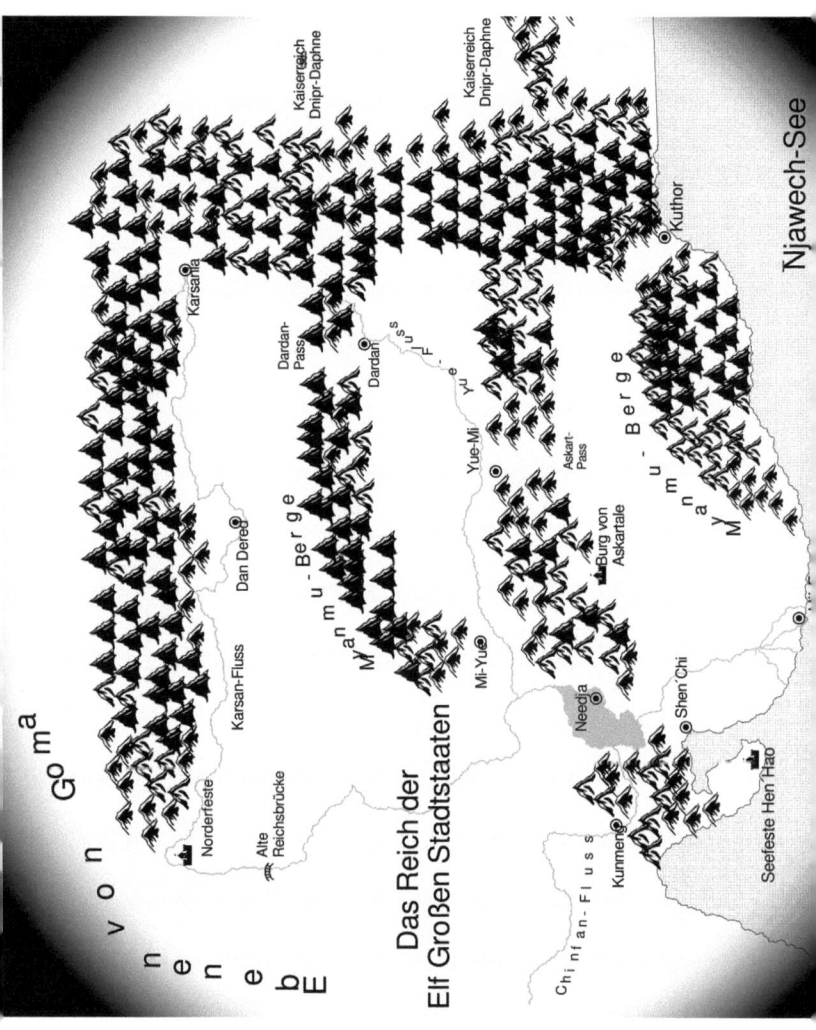

Das Reich der
Elf Großen Stadtstaaten

E b e n e n   v o n   G o m a

Norderfeste
Alte Reichsbrücke
Karsan-Fluss
Dan Dered
Karsaria

M y a n m u - B e r g e

Dardan-Pass
Dardan
F u s s
Y u e
Yue-Mi
Mi-Yu
Askart-Pass
Burg von Askartale

M y a n m u - B e r g e

Kaiserreich
Dnipr-Daphne

Kaiserreich
Dnipr-Daphne

Kuthor

Njawech-See

C h i n f a n - F l u s s
Kunmen
Needja
Shen'Chi
Seefeste Hen Hao

60

Der Ratskanzler

Eine Geschichte aus dem
Reich der Elf Großen Stadtstaaten
Heero Miketta

Vom Blick über den Chinfan-See wurde gesagt, dass er Ruhe bringe und das seelische Gleichgewicht befördere. Mei-Djian tat sein Bestes, seine Seele für die heilende Kraft des heiligen Sees zu öffnen. Am Ende fühlte er nur das Jucken seiner Hämorrhoiden.

»Ich bin ein alter Mann«, murmelte er, der Leitsatz, mit dem er jedes seiner Gebrechen kommentierte und jeden seiner Fehler entschuldigte. Wie immer musste er ein wenig lächeln darüber, dass er trotz dieser Feststellung seinen Lebensabend nicht im Kreis der Großfamilie verbrachte oder mit Freunden am Kamin Erinnerungen austauschte. Stattdessen war er genötigt, durch das ganze Reich zu reisen, um Verpflichtungen zu erfüllen, die selbst einen jungen Mann ausgelastet hätten.

Der Klang einer Glocke drang über das Wasser herüber. Er kam aus einem der Tempelgebäude an den Buchten der Inselstadt Needja. Mei-Djian glaubte, das ferne Echo von Gesängen zu vernehmen, doch er war nicht sicher – auch seine Ohren waren nicht mehr das, was sie einmal gewesen waren.

Die Gesänge der Neddharta-Jünger waren ohnehin seine Sache nicht. Er hatte Zeit seines Lebens mit diesem nihilistischen Glauben nichts anfangen können, ganz egal, wie sehr er im Reich der Elf Großen Stadtstaaten auch verehrt wurde. Genausowenig mochte er die feurigen Botschaften der Kirche der Zweiten Offenbarung nicht. Zu sehr waren sie von missionarischem Eifer geprägt, seit die Große Flut über Isrogant hinweggefegt war.

Sein Blick fiel auf das kleine, in edles Leder gebundene Buch auf dem Tisch vor ihm, mit der in Gold geprägten Aufschrift: »Träume aus Karsania.« Ein heiliges Buch, soweit es ihn betraf. Es hatte ihn sein Leben lang begleitet, ein Geschenk seines Mentors Fu Chan, als er noch ein grüner Junge gewesen war.

Es mussten goldene Zeiten gewesen sein, als die Kaiser auf dem Geysirthron das Chaos der Dunklen Jahre beendeten – mit eiserner Hand, aber auch mit Gerechtigkeit und Augenmaß.

Ein beeindruckendes Konzept, dass der Eine Gott mit seiner Ersten Offenbarung nach Isrogant gebracht hatte: Ein Vielvölker-Reich, regiert von einem auf Lebenszeit gewählten Kaiser, der immer aus einem anderen Volk des Imperiums stammte... und in der Reichsstadt Adjagard regierte, die ihrerseits in tausend Jahren ihrer Existenz stets ein kultureller und spiritueller Mischmasch geblieben war.

Dagegen schienen die Botschaften der Zweiten Offenbarung, wie die Missionare des Klosters Avenicum Dalor sie derzeit überall verkündeten, primitiv und kalt. Es schlug nicht die Seele der alten Träumerzeiten darin, in denen die Menschen ihre Ideen erklären und ausleben konnten.

Mei-Djian seufzte.

Er griff nach seinem Tee, doch schon das Gefühl des kalten Porzellans ließ ihn schaudern. Tatsächlich war auch das Getränk, gerade noch warm und belebend, zu einer kalten Plörre geworden.

Ein wenig wie sein Leben.

Mit einem bitteren Lächeln erhob er sich und wanderte schweren Schrittes durch den geräumigen, edel ausgestatteten Raum zu der hölzernen Schiebetür, von der er wusste, dass dahinter ein Diener auf ihn wartete.

»Ich bin jetzt bereit«, brummte er diesem zu. »Lass die Herrschaften wissen, dass ich in den Ratssaal komme.«

**

Sie gingen ihm augenblicklich auf den Geist, diese Heiligen, wie sie ihre rasierten Köpfe zusammensteckten und mit ihren farbigen Roben raschelten. Egal, was sie alle behaupteten: Religiöse Treffen hatten noch nie zu friedlichen Lösungen von Konflikten geführt.

Mit einer Ausnahme: Die Erste Offenbarung mit der Großen Wanderung zum Geysir nach Adjagard. Sie hatte Widersprüche aufgelöst, statt sie zu verschärfen.

Heute erwartete Mei-Djian nichts dergleichen. War doch die Gründung neuer Neddharta-Klöster im Mariangau jenseits der Myanmu-Berge überhaupt erst der Auslöser der Kontroverse gewesen.

Er behielt die Ruhe und ein freundliches Lächeln. Für die Priester, und auch für die zwei aufwändig gekleideten Edlen, die aus dem Kaiserreich Dnipr-Daphne für dieses Gespräch angereist waren.

Ransheem Mjufan, ein hoher Priester der Stadt Needja, übernahm die Vorstellung der Anwesenden.

»Baron Mainherr von Fumantel und Graf Fritjof von Marian, bevollmächtigte Gesandte seiner Majestät, des Grafenkaisers von Dnipr-Daphne«, sagte er, und Mei-Djian zuckte innerlich zusammen ob der mangelnden Etikette des Priesters, der einen Baron vor einem Grafen vorstellte. Und das, obwohl es in Dnipr-Daphne die Grafen waren, die die Entscheidungen fällten – und auch den Kaiser aus ihren Reihen wählten.

»Meister Mei-Djian aus Kunmeng, Ratskanzler des Reiches der Elf Großen Stadtstaaten«, fuhr der Ransheem fort, diesmal ohne Fehler.

»Es ist mir eine Ehre«, sagte der Graf, der sich seinem Rang gemäß den Vortritt nahm. Auch der Baron verbeugte sich kurz, während der Ransheem die anwesenden Priester vorstellte. Neddharta-Mönche aus Needja, der Stadt Karsania im Norden des Reiches der Elf und aus dem Mariangau in Dnipr-Daphne, einer recht ärmlichen Grenzregion direkt am Myanmu-Gebirge.

Es war kein offizieller Vertreter aus Karsania dabei, obwohl diese Reichsstadt so eng in die Probleme verwickelt war. Falls die beiden Gesandten des Kaisers das bemerkten, sagten sie zumindest nichts dazu. Andererseits waren auch sie nur zu zweit und fast ohne Eskorte gekommen, was nicht darauf schließen ließ, dass sie dem Treffen besondere Bedeutung zumaßen.

Mei-Djian nahm an dem großen, ovalen Tisch Platz, der in der Mitte des Ratssaals stand. »Es ist sehr erfreulich, dass Ihr es so schnell einrichten konntet, hohe Herren«, stellte er fest.

Die beiden dnipr-daphnischen Adeligen setzten sich ebenfalls, und während rund um sie auch die Priesterschaft mit raschelnden Roben Stühle heranzog, antwortete der Baron: »Wir haben sofort ein Schiff genommen, das eigentlich nach Kuthor reisen sollte. Auf Wunsch des Kaisers fuhr der Kapitän dann allerdings direkt nach Hji-Feng.«

Der Ratskanzler nickte freundlich. »Nun, hohe Herren, dass hat Euch einige anstrengende Tagesritte durch die Täler des Reichs der Elf Großen Stadtstaaten erspart... und die unangenehme Erfahrung des kuthorschen Seerobben-Eintopfes. Wirklich scheußlich, soviel kann ich sagen.«

Höfliches Gelächter ertönte am Tisch.

Dann wurde der Tonfall ernster.

**

Graf Fritjof hatte sich den alten Mann beeindruckender vorgestellt. Immerhin beherrschte Mei-Djian als Ratskanzler das Reich der Elf Großen Stadtstaaten, mit dem es sich niemand verscherzen wollte, auch nicht der Grafenkaiser von Dnipr-Daphne.

64

Auf der anderen Seite hatten die Menschen im Reich der Elf nicht nur das seltsame Aussehen der Steppenmenschen, mit den schmalen Mandelaugen, den runden Gesichtern und dem kleinen Wuchs, sondern auch befremdliche Gepflogenheiten. Ihr Regierungssystem war undurchschaubar, mit den elf Stadtregierungen und dem Kanzler, der einerseits der erste Mann im Staate war, andererseits aber immer Rücksprache nahm und ohnehin nur für ein Jahr im Amt war.

Kaum zu glauben, dass dieses Land nicht im Chaos versank.

Etwas skeptisch blickte der Graf, selbst ein Meister des Schwertes und berühmter Turnierkämpfer am Hofe, auf den Greis, der sich mühsam bewegte und mit vernehmbarem Ächzen Platz nahm.

Die höflichen Floskeln und kleinen Scherze danach trugen nicht weit. Sie konnten dem eigentlichen Thema nicht mehr ausweichen.

»Nun«, sagte der alte Kanzler, die Hände auf dem Tisch vor sich zusammenfaltend, »ich höre, es gibt Missstimmigkeiten an unserer nordöstlichen Grenze. Seine Majestät, der Grafenkaiser, hat schriftlich Beschwerde geführt, und der Rat in Dardan hat es zur Kenntnis genommen.«

Das war geradlinig, und die Formulierung war nicht unbedingt freundlich. Der Kaiser hatte nicht erwartet, seine Protestnote zur Kenntnis genommen zu sehen, er wünschte sich eine sofortige Reaktion.

»Das wird seine Majestät freuen«, sagte Fritjof dennoch. »Hat der Rat des Reiches der Elf denn auch schon über Maßnahmen beraten?«

Der alte Ratskanzler zog die Augenbrauen nach oben, was seinem ohnehin runden, verrunzelten Gesicht einen schalkhaften Zug gab. »Maßnahmen, Herr Graf?«

»Der Kaiser fürchtet, dass die Grenze an den Passstraßen um Karsania durchlässig wird«, erklärte Fritjof, mit einem verbindlichen Lächeln.

»Das ist ja hervorragend!« rief der Ratskanzler aus, seine

Arme mit offenen Händen nach oben hebend.

Fritjof spürte den Blick des Barons von der Seite und wünschte sich, der Jüngere würde nicht so offen seine Überraschung ob dieser Reaktion zeigen.

»Hervorragend, Euer Exzellenz?« fragte er.

»Ja, aber selbstverständlich! Denn seine Hoheit Chinpu, der Fürst von Karsania, hat genau die gleiche Befürchtung geäußert!«

Fritjof unterdrückte mit Mühe ein Stirnrunzeln. Was war jetzt das?

»Das ist interessant«, sagte er vorsichtig. »Hat der Fürst denn etwas gesagt, wie er in dieser Angelegenheit reagieren möchte?«

Der Ratskanzler nickte, noch immer strahlte er onkelhafte Gutmütigkeit aus. Ebenso wie die orange gewandeten Neddharta-Priester um ihn herum, deren permanente positive Attitüde Fritjof noch nie geheuer gewesen war.

»Fürst Chinpu ist natürlich nicht untätig geblieben. Er hat mich gebeten, bei unserem Gespräch sehr deutlich zu machen, dass er keine Bewaffneten aus Dnipr-Daphne auf Reichsgebiet dulden wird. Er möchte, dass die intensive Reisetätigkeit aus dem Mariangau in die Myanmu-Berge sobald als möglich beendet wird.«

Diesmal war es Graf Fritjof selbst, dem die Gesichtszüge entglitten. Andererseits musste er nach dieser unverhohlenen Anschuldigung des Ratskanzlers überrascht wirken, also war das wohl kein Problem.

»Euer Exzellenz, bitte missversteht mich nicht«, sagte er, bewusst Ruhe bewahrend. »Meine Informationen besagen, dass aus den Myanmu-Bergen Priester des Neddharta in den Mariangau einwandern, in großer Zahl. Graf Roman von Mariangau beobachtet, dass diese Neuankömmlinge und ihre missionarische Tätigkeit den Frieden seines Lehensgebietes stören.«

Mei-Djian nickte. »Das stand so im Schreiben seiner Majestät, des Kaisers.«

Fritjof öffnete seine Hände, die Handflächen nach oben, in einer fragenden Bewegung.

Der Ratskanzler sagte dennoch nichts, und das Schweigen zog sich in die Länge, begleitet vom freundlichen Lächeln der Priester.

Schließlich unterbrach Baron Mainhard die Stille, seine Stimme etwas schrill. Fritjof hätte ihn dafür am liebsten geohrfeigt.

»Euer Exzellenz, was sagt denn Fürst Chinpu zu diesen Ansch... Anmerkungen des Kaisers?« fragte der junge Heißsporn. Fast hätte ihn die Flut seiner Worte davongetragen – der Fauxpas, von »Anschuldigungen« zu sprechen, auf einer so hohen diplomatischen Ebene, hätte ihn leicht den Kopf kosten können.

Im wahrsten Wortsinne. Der Grafenkaiser vergab nicht leicht.

Mei-Djian hob beide Arme und lehnte sich weit zurück, sein Gesicht eine Maske des Erstaunens. »Aber werter Baron! Ich sagte doch bereits, dass Fürst Chinpu unbedingt erwartet, dass zunächst die Reisetätigkeit in die andere Richtung beendet wird.«

Fritjof registrierte zufrieden das Wort »zunächst«, das Verhandlungsbereitschaft signalisierte. Sehr gut, auch wenn es weit mehr Ungereimtheiten gab, als er erwartet hätte. Wenn etwas im Mariangau über die Einwanderung von Priestern aus dem Reich der Elf Großen Stadtstaaten hinausging, dann hatte ihn der Grafenkaiser nicht davon unterrichtet. Oder es selbst nicht gewusst, was bedeuten konnte, dass Graf Roman etwas verschwieg. Das war ein gefährliches Spiel, um so mehr, als es auf diese Ebene eskaliert war.

Leider war der Baron wieder schneller.

»Euer Exzellenz, wir wissen nicht genau, wovon Ihr sprecht«, sagte er.

Fast hätte Fritjof die Augen zur Decke verdreht. *Das kann nicht wahr sein,* dachte er. *Hätte nur die Flut die Vorfahren dieses*

Idioten mit ins Meer gerissen.

Auch dem greisen Ratskanzler schien Mainhard auf die Nerven zu gehen, denn er beugte sich vertraulich über den Tisch zu Fritjof, bevor er leise fragte: »Werter Graf, ist das die Wahrheit? Ihr habt keine Kenntnis über den Aufenthalt bewaffneter Gruppen aus Dnipr-Daphne in den Myanmu-Bergen?«

Diese direkte Frage ließ Fritjof nicht viele Möglichkeiten.

»Euer Exzellenz«, sagte er fest. »Ich garantiere Euch, dass sich Soldaten Dnipr-Daphnes nur auf der östlichen Seite des Gebirges befinden, auf dem Gebiet des Kaiserreichs. Es gibt keine Grenzverletzungen durch bewaffnete Einheiten.«

»Aaaah«, machte der Kanzler und lehnte sich zurück.

Wieder herrschte eine Zeitlang Schweigen, und als Fritjof spürte, dass der Baron sprechen wollte, gebot er ihm mit einer herrischen Handbewegung Einhalt. Es war ihm gleichgültig, dass die anderen am Tisch damit einen Beleg ihrer schlechten Abstimmung erhielten. Er konnte es nicht ändern. Niemals hätte er zustimmen dürfen, auf eine heikle Mission einen solchen Grünschnabel mitzunehmen.

»Verehrter Kanzler«, sagte er. »Ich habe den Eindruck, dass Ihr Informationen habt, die wir auch kennen sollten, damit wir auf gleicher Augenhöhe verhandeln.«

Kaum hatte er das gesagt, biss er sich auf die Zunge. Gleiche Augenhöhe, natürlich. Das hätte von dem depperten Baron stammen können. Augenhöhe zwischen einem Abgesandten und dem Ratskanzler?

»Danke für die offenen Worte«, antwortete der Kanzler. »Es scheint, es gibt tatsächlich verschiedene Informationen auf beiden Seiten. Lasst mich das etwas erläutern. Seid Ihr mit der Lehre des Riinja vertraut?«

Fritjof nickte, auch wenn er nur vage Informationen dazu hatte, die meisten von ihnen durchmischt mit Sagen und Legenden. Soweit er wusste, gehörte das Riinja auch im Reich der Elf nicht zum offiziellen Wissen, sondern wurde als offenes

Geheimnis unter der Hand weitergegeben.

»Nun, es scheint, auch Graf Roman von Mariangau hat sich über die Künste der Riinja-Meister informiert. Schon immer gab es Einzelne, die in den Myanmu-Bergen nach diesem Wissen suchten, aber es scheint, dass die Truppen von Graf Roman dort in großer Zahl eintreffen, um geschult zu werden.«

Das alarmierte Fritjof. »Ich versichere Euch, dass es sich dabei um reine Gerüchte handelt«, sagte er schnell.

»Das habe ich Fürst Chinpu ebenfalls gesagt. Er ist kein Freund des Riinja, und ich hatte die Befürchtung, dass ihn die Sorge um das Wohlergehen seiner Untertanen dazu bringen könnte, der Gerüchteküche zuviel Glauben zu schenken.«

Im Klartext bedeutete das: Mei-Djian vermutete, dass der Fürst von Karsania die angeblichen Besuche der Soldaten aus dem Mariangau nur als Vorwand benutzte, um die in den Bergen rund um seine Stadt angesiedelten Riinja-Schulen auszuräuchern.

Das konnte gut sein – soweit Fritjof wusste, waren die Riinja immer Verfolgungen ausgesetzt gewesen, und nicht wenige ihrer Schüler waren Verstoßene aus den Städten des Reiches und manchmal auch aus anderen Teilen Isrogants. Kein Herrscher konnte sich eine so große Zahl ausgebildeter Krieger um sich herum wünschen, die niemandem Rechenschaft ablegten.

Doch andererseits: *Waren* es denn so viele? Und *gab* es sie überhaupt, die schwarzen Krieger? Ratskanzler Mei-Djian schien es entweder zu glauben, oder als Vorwand zu nutzen.

Fritjof fragte sich, ob er für dumm verkauft wurde, einem Komplott aufsaß oder – noch schlimmer – tatsächlich von seinem eigenen Kaiser oder dem Grafen von Mariangau hintergangen wurde.

Innerlich fluchend, behielt er doch die freundlich-verbindliche Maske bei, als er sagte: »Aber ich vermute, Euer Exzellenz hatte gute Gründe, uns diese Befürchtungen dennoch heute vorzutragen.«

Der Ratskanzler nickte. »Selbstverständlich. Es gibt Gefangene aus Dnipr-Daphne. Sie wurden bei der Durchsuchung einer Riinja-Schule festgenommen.«

»Oooh«, machte Fritjof. »Und Ihr glaubt tatsächlich, dass dies Soldaten des Kaiserreichs sind?«

»Das möchten wir gerne herausfinden. Wir hatten die Hoffnung, Ihr könntet uns dabei behilflich sein.«

**

Selbst in einer so heiligen Stadt blieb die Hafengegend ein Ort verruchten Gesindels. Die weisesten Priester mussten essen und trinken, auch ein erleuchteter Philosoph brauchte Kleidung. Wie die Realität jenseits der Tempel und Studierstuben es nun einmal wollte, waren Transporteure im Gegensatz zu ihren Kunden meist nicht erleuchtet, sondern rustikal.

Mej-Djian genoss den offensichtlichen Widerspruch um so mehr, als er die transzendente Atmosphäre Needjas nicht leiden konnte.

Vermutlich konnte sein Krämerherz die Tiefen dieser Stadt nicht erfassen, von der ja immerhin Sänger und Poeten behaupteten, sie sei wunderschön. Wer war er schon, Handelsmann sein Leben lang und Politiker in den letzten Jahrzehnten, sich hinzustellen und zu sagen: Needja, Kern des Selbstverständnisses unseres großartigen Bundesreiches, ist ein langweiliges Loch?

So behielt der alte Reichskanzler seine Gedanken für sich, als er die Rampe hinaufstieg zu einem der flachen Flusssegler, die auf den Drei Strömen die Großen Stadtstaaten miteinander verbanden.

Mit ihm reiste ein kleiner Tross aus Sekretären und Beamten... und die kaiserlichen Vermittler aus Dnipr-Daphne. Mej-Djian bemerkte, mit welchem Erstaunen diese seine Gefolgschaft musterten. Das Reich der Elf Großen Stadtstaaten stand im Ruf, stets mit aufwändigem Pomp aufzutreten. Das kam nicht von ungefähr: Viele Beamte kompensierten so, dass sie nur auf begrenzte Zeit und mit begrenzter Verantwortung in ihren Ämtern waren.

Mei-Djian hielt nichts davon. Er brauchte zuverlässige Vertraute, mit denen er effizient arbeiten konnte, ein Vermächtnis seiner jahrzehntelangen erfolgreichen Tätigkeit als Handelsherr.

Falls die beiden daphnischen Gesandten Pomp und Prunk vermissten, würde dieser Zustand nicht all zu lange anhalten. Die Reise bot genügend Sehenswürdigkeiten, um sie tief beeindruckt zurück in die Heimat zu schicken.

Ein junger Offizier in der Uniform der Seestreitmächte von Hji-Feng begrüßte sie und wies ihnen ihre Kajüten zu. Mei-Djian war zufrieden mit Raum und Komfort – auf seinen Handelsseglern ging es anders zu, dort galten Effizienz und Kosten. Die Marine von Hji-Feng hingegen wurde reichlich alimentiert aus den Staatskassen des Reiches der Elf und den Schatullen der Handelshäuser in Kunmeng, wo man sich den Schutz durch die Kriegsschiffe etwas kosten ließ.

Nicht ganz eine Stunde später setzte sich der Segler in Bewegung. Zu knarzender Takelage und gebrüllten Kommandos zeigten die Matrosen, wie gut sie aufeinander eingespielt waren, während das Schiff den Hafen Needjas verließ und sich auf den Chinfan-See hinaus bewegte.

Nebel lag über dem legendären Gewässer, der die Geräusche dämpfte und die Stadt, die langsam auf ihren Inseln hinter ihnen zurückblieb, noch ein wenig geheimnisvoller wirken ließ.

Mei-Djian betrachtete das Szenario gemeinsam mit Graf Fritjof, während sich kleine Wolken aus Atemluft vor ihren Mündern bildeten.

»Ihr wart noch nie im Reich der Elf, Herr Graf?«

»Nein«, sagte Fritjof. »Doch. Ich war als junger Mann auf den Okanisha-Inseln in der Njawech-See. Aber ich höre, das sei nicht wirklich typisch.«

Der Ratskanzler lachte leise. »Nein, das ist es nicht. Die

Inseln werden von Kunmeng aus verwaltet, weil dort Handelskontore stehen, aber die meisten Siedler stammen aus der Fischerstadt Shen´Chi.«

»Ja, das Essen ist gut, und ich hörte, dass das auf die Einflüsse aus Shen´Chi zurückzuführen sei.«

»Ihr wart aber nicht wegen des Essens dort«, vermutete Mei-Djian.

Ein leichtes Rot zeigte sich auf den Wangen des Grafen, das vielleicht – aber nur vielleicht – von der Kühle des Morgens herrührte. »Es gibt viele schöne Dinge auf den Inseln«, antwortete er.

Mei-Djian lachte leise. »Ich zum Beispiel bin verheiratet mit einer Frau von Okanisha«, bemerkte er.

»Die Frauen dort sind berühmt für ihre Schönheit«, beeilte sich der Graf zu sagen.

Wieder lachte der Ratskanzler.

Sie schwiegen, während das Schiff über den See glitt, die Matrosen die Dreieckssegel entfalteten und die Ruderer ihre Plätze einnahmen.

Als ein Diener in traditioneller Kleidung zum Essen rief, legte Mei-Djian eine Hand auf die Schulter des Gastes.

»Mädchen aus Okanisha gibt es hier nicht, werter Graf«, sagte er. »Aber Köche aus Shen´ Chi. Ihr werdet überrascht sein.«

Flüchtig dachte er an seine Frau, die wieder viel alleine war in seinem großen Haus in Kunmeng, obwohl er ihr versprochen hatte, seine letzten Jahre mit ihr zu verbringen. Er vermisste sie sehr, und das war ein weiterer Grund, nach diesem Amt endlich ins Privatleben zurückzukehren.

Wer konnte schon wissen, wie viel Zeit ihm noch blieb?

**

Graf Fritjof genoss die Fahrt in vollen Zügen. Es mochte sein, dass man sich am Hof des Grafenkaisers seine Mission anders vorgestellt hatte. Er ganz persönlich hatte nichts gegen diese Entwicklung, auch wenn ihm etwas schwummerig wurde beim Gedanken an die erhobenen Vorwürfe. Wenn tatsächlich ein daphnischer Graf Soldaten auf dem Gebiet des Reiches der Elf ausbilden ließ – noch dazu in Schulen, die traditionell eher dem Untergrund zuzurechnen waren, auch wenn es sie seit vielen Jahrhunderten gab – war das eine echte Katastrophe für die Beziehungen zwischen den Nachbarländern.

Aber natürlich wusste er auch, dass es Kräfte im Kaiserreich gab, die darauf hinarbeiteten, Konflikte mit dem Reich der Elf zu erzeugen, aus welchen Gründen auch immer. Schwer war das nicht. Die Kontakte über die rauhen, unwirtlichen Myanmu-Berge hinweg waren erstaunlich dünn. Er selbst wusste nur sehr wenig über diese Nation, obwohl sie so nahe an seiner Heimat lag. Einzige Verbindungspunkte schienen Dinge wie die Delikatessen aus dem Reich der Elf zu sein, die in Dnipr-Daphne beliebt waren... oder die Vergnügungsbesuche der jungen Adligen aus dem Kaiserreich auf den Okanisha-Inseln.

Stattdessen rankten sich Legenden um das uralte Reich und seine großen Städte. Die Zauberer von Dardan, die Krieger aus Dan Dered, Diamanten aus Karsania und Essen aus Shen´Chi, all das war berühmt, aber kaum jemand hatte je die Drei Flüsse bereist.

Und hier war nun er – glücklich genug, im Auftrag des Grafenkaisers unterwegs zu sein, und aus erster Hand zu erleben, was andere nur vom Hörensagen kannten.

Ihr Schiff fuhr den Karsan hinauf; den größten Fluss des Reiches, sowohl in Länge als auch in Breite. Fischerboote, Fähren und Handelsschiffe bevölkerten den breiten Strom, überall an seinen Ufern wurde gekocht, gehandelt und gearbeitet. Die Siedlungen waren bunt und bevölkert von unglaublich vielen Menschen, deren Leben laut und intensiv zu ihnen herüber schallte.

Niemand sprach die überall in Isrogant gesprochene Gemeinschaftssprache, die in der Zeit der Ius Adjagard zur

Lingua Franka für alle Menschen des Kontinents geworden war. Stattdessen erklang die schnelle, ungewohnte Sprache der Ebenen von Goma. Fritjof lauschte fasziniert, dachte, wie wertvoll es sein könnte, diese Sprache zu lernen, um eine Geheimsprache zu haben, die niemand am Hof des Kaiserreiches verstehen konnte.

Er nahm sich vor, den alten Mei-Djian nach einem Lehrer zu fragen. Vielleicht ließ sich sein Besuch ja auch ausdehnen, wenn die eigentliche Aufgabe erfüllt war. Er begann, dieses Land zu mögen.

**

Einige Tage später nahm der Ratskanzler ihn beiseite.

»Graf Fritjof, wir nähern uns der Flußscheide von Karsan und Yue, und ich würde gerne einen anderen Weg einschlagen als geplant.«

»Ich verstehe«, antwortete Fritjof, nicht ganz sicher, woraus das hinauslief.

»Am bequemsten wäre es sicherlich, wenn wir einfach auf diesem Strom bis Karsania reisten«, sagte Mei-Djian. »Und Ihr hättet außerdem Gelegenheit, in Dan Dered die Kriegerschulen zu besichtigen, was Euch doch vermutlich interessieren würde?«

Der Gedanke verursachte Fritjof schlechtes Gewissens. Er hatte auf der Reise sein eigenes Schwertkampftraining vernachlässigt, abgelenkt von den Eindrücken der fremdartigen Umgebung.

»Aber Ihr wollt eine andere Route einschlagen?« fragte er.

»Nun«, lautete die Antwort. »Der Zufall will, dass ich in der Reichsstadt Dardan einiges zu erledigen habe. Wenn wir von Dardan zu Pferde weiterreisen, können wir über den Dardan-Pass Karsania in wenigen Tagesreisen erreichen. Es ist natürlich nicht ganz so komfortabel.«

Das ließ Fritjof grinsen. Dnipr-Daphne war bekannt für seine

Reiterei, und natürlich waren auch der Baron und er selbst hervorragend ausgebildet auf dem Pferderücken. Mit leisen Zweifeln fragte er sich eher, ob denn der alte Kanzler den Strapazen eines Ritts über Gebirgsstraßen gewachsen sein würde.

»Es wäre mir eine große Ehre, die Reichsstadt zu besuchen, Hoher Kanzler«, sagte er. »Ich habe viel von ihren Wundern gehört.«

Der Blick des alten Mannes wurde nachdenklich. »Ja, man erzählt sich viel über unsere Städte in Isrogant, nicht wahr?« fragte er.

Fritjof nickte. »Selbstverständlich. Das Reich der Elf ist legendär.«

»Ja. Ja, ja.« Der Kanzler schaute noch immer versonnen auf das vorbeiziehende Ufer. »Mich wundert – ist das Fluch oder Segen?«

Damit ließ er den Grafen alleine.

**

Fluch oder Segen – diese Frage begleitete Mei-Djian seit seiner Kindheit. Er war sich stets bewusst, an einem ganz besonderen Ort geboren zu sein, und sein Patriotismus war gewachsen, mit jeder Reise, die er in Isrogant unternommen hatte.

Auch hundert Jahre nach der Großen Flut waren weite Teile des Kontinents noch nicht vollständig wieder hergestellt, stattdessen hatten Krieg und Verwüstung ihre Krallen in die Landschaften Isrogants geschlagen. Die Verfolgung der Mystiker und der magischen Praktiker auf Betreiben der verfluchten Hetzer aus Avenicum Dalor half auch nicht weiter: Sie beraubte die Menschheit eines kraftvollen Instruments zur Gesundung.

Das Reich der Elf war dafür ein gutes Beispiel. Die Magier des Dardan-Ordens hatten im Jahrtausend der Ius Adjagard gelernt, dass sie nicht mehr den Ton angaben, wie es einst im Zeitalter der Mystik der Fall gewesen war. Die prachtvolle Reichsstadt Dardan war zwar die Heimat des Hohen Bundesrates und seiner imposanten Regierungsgebäude, aber das war auch die einzige Sonderrolle, die die Metropole im Reich der Elf spielte.

Magie war eine natürliche Erscheinung überall an den drei Großen Flüssen Chinfan, Karsan und Yue geblieben. Heiler versahen ihren Dienst, Baumeister bedienten sich magischer Unterstützung, und selbstverständlich wurden an den Schulen und Akademien die mystischen Künste unterrichtet und auch noch immer erforscht. Magie war teuer, denn die *glanhíre*, die dafür benötigt wurden, waren selten geworden. Aber sie war ihren Preis auch wert. Die Zauberer Dardans und ihre Kollegen in den anderen Reichsstädten leisteten einen wichtigen Beitrag zur Stärke des Reichs.

Gerade in diesen bewegten Zeiten, in denen der Kontinent seine Wunden leckte, schürten sie aber auch Vorurteile und Misstrauen bei Nachbarn und Handelspartnern.

Allerdings betraf das nicht nur die Dardaner und ihre Magier. Auch die Dandereden, der Kriegerorden aus Dan Dered, hatten einen fragwürdigen Ruf als unbesiegbare Helden. Was zum einen zu einem Zustrom von fahrenden Kriegern führte, die lernen wollten und auch die illegalen Riinja-Schulen in den Myanmu-Bergen füllten – zum anderen aber auch dazu, dass sich viele Armeen Isrogants mit ihnen messen wollten.

Mei-Djian grübelte darüber nach, während sein prachtvolles Schiff auf dem Yue-Fluss abbog, die Ruderer schwitzend ob ihrer harten Arbeit gegen die Strömung am Zusammenfluss von Karsan und Yue. Die Ausläufer der Myanmu-Berge bildeten um sie herum eine tiefe Schlucht.

Der Fluss war hier voller Schiffe: Im Yue-Tal wurde Reis angebaut, es war eine der fruchtbarsten Regionen des Reiches, und seine Schätze bewegten sich auf dem Yue-Fluss in die Großen Städte.

Uralte Festungsanlagen drohten von den Hängen der Berge um ihn herum, Überbleibsel lang vergangener Zeiten, als die Zwillingsstädte Mi-Yue und Yue-Mi noch unabhängig gewesen waren. Es waren gewaltige Mauern, nur zum Teil aus Stein und Mörtel errichtet, zum größten Teil aber aus den Felsen der Berge geformt – magisch, denn all dies war entstanden im Zeitalter der Mystik, mithin weit mehr als tausend Jahre alt.

Heute waren die Festungen nur mit einer kleinen Mannschaft besetzt, deren Hauptaufgabe es war, die riesigen Banner aufzuziehen, die von den Zinnen flatterten: Das Wappen des Reichs der Elf Großen Stadtstaaten, blau wie die Drei Großen Flüsse, mit einem Balken vom Grau der Myanmu-Berge, die die Großen Städte schützten, darüber zehn rote Diamanten für die Städte, angeordnet über einer ebenso roten Linie, die die Regio Agrare darstellte, die elfte Stadt, die nicht nur eine Siedlung war, sondern viele: Die Ländereien zwischen den Städten, beherrscht von Adligen und manchmal von Genossenschaften, die das Reich ernährten und alle zusammen einen Vertreter in den Hohen Bundesrat entsendeten.

Der alte Kanzler musste lächeln. Es war kein schönes Banner, wie er sich nicht zum ersten Mal eingestand. Der Greif des Kaiserreichs Dnipr-Daphne zum Beispiel, eine Mischung aus Löwe und Adler, war furchterregender und wirkte edel und mutig, seine rote Farbe war ehrfurchtgebietend und kündete von Stolz. Auch die diversen Fahnen lokaler Adliger waren fantasievoller und bunter.

Und doch ging Würde aus vom Banner der Elf, von seinen ruhigen Farben, von seiner schlichten Symmetrie. Mei-Djian wusste das zu schätzen.

Er genoss es noch ein wenig länger, dieses kleine Hochgefühl. Die leichte Brise, die Geräusche der Ruderer, die Rufe von anderen Schiffen über dem Rauschen des Flusses, die stolzen Fahnen hoch über ihm, die zerklüfteten Berge...

Er erlaubte sich auch etwas persönliche Eitelkeit. Hier war er, Mei-Djian, ein Händler aus Kunmeng, und er stand an der

Spitze dieses Imperiums, der erste Mann im Reich.

Bilder seiner Vergangenheit zogen vorüber, Erinnerungen eines reichen Lebens, und wie so oft dachte er an seine Frau, die er vermisste, und die er immer vermisst hatte, weil sein Leben so voller Reisen und voller Arbeit gewesen war. Er hatte sie im Stich gelassen, entgegen seines Versprechens, um diesen Stolz zu fühlen.

»Um meiner Verantwortung gerecht zu werden«, murmelte er zu sich selbst, aber es klang falsch. Es ging in Wirklichkeit nur um ihn, um seinen ganz privaten Wunsch, aus der Masse hervorzustechen.

»Verzeihung?« fragte eine Stimme hinter ihm, und als er sich umdrehte, sah er Graf Fritjof. Er lud ihn mit einer Geste ein, neben ihn an die Reling zu treten.

»Ich habe mit mir selber gesprochen, Graf«, gestand er, und Fritjof lächelte.

»Vergebt mir«, sagte er. »Ich wollte Euch nicht belauschen.«

»Ach, es war nichts wichtiges. Eitelkeiten eines alten Mannes.«

Mei-Djian bemerkte, wie der Blick des Grafen forschend wurde, aber der Jüngere fragte nicht nach. Stattdessen wandte er sich den alten Festungsanlagen zu, die hoch über ihnen dräuten.

»Ich habe viel von den Yue-Festungen gehört«, sagte er. »Beeindruckend.«

Der Kanzler lächelte. »Da solltet Ihr einmal Burg Askartale sehen, wo sich die Regio Agrare zu ihren Bundesratstreffen versammelt«, meinte er. »Das ist ein Gemäuer, das jeden Besucher das Fürchten lehrt.«

Als er bemerkte, dass das wie Angeberei klang, verwandelte sich sein Lächeln ein breites Grinsen, das sein faltiges, rundes Gesicht zu einer Kraterlandschaft machte und seine Augen zu Schlitzen werden ließ. »Dafür werdet Ihr von Mi-Yue überrascht sein. Die Stadt sieht aus wie ein Dorf, nur größer.« Nach einem kurzen Moment fügte er hinzu: »Und dreckiger.«

**

Diese Beschreibung fand Fritjof bestätigt, als sie am Abend die westliche der beiden Zwillingsstädte erreichten. Mi-Yue breitete sich scheinbar endlos entlang der Flussufer aus: Langgestreckte Kai-Anlagen, an denen Schiffe be- und entladen wurden, buntes Treiben und unzählige kleine Fischerboote zwischen den wuchtigen Transportkähnen. Wo noch Platz war, drängten sich Hausboote auf dem Wasser, die jetzt, in den Abendstunden, von Laternen und kleinen Kochfeuern erleuchtet waren.

Ebenso hell war auch die Stadt, die sich hinter dem Hafen über die hügelige Landschaft ausdehnte: Lagerhallen, Wohnhäuser, zumeist flache Gebäude, dazwischen kleine Bäche.

Es gab keine Stadtmauer. Fritjof konnte kein Zentrum ausmachen, keine Festung, keine größeren Verwaltungsgebäude, nur vereinzelte Lücken zwischen den Gebäuden, wo er Marktplätze vermutete – es war schwer zu sagen im spärlichen Licht der Abenddämmerung.

»Wollt Ihr an Land gehen, Graf Fritjof?« fragte eine Stimme hinter ihm. Als er sich umdrehte, gewahrte er zu seiner Überraschung den Mönch Singko, der zum Gefolge des Ratskanzlers gehörte, aber meist wortlos ein unergründliches Lächeln lächelte. »Die Stadt ist berühmt für ihre Vergnügungen.«

Fritjof blickte zweifelnd auf das Gewirr von Häusern und Gassen am Ufer.

»Vergnügungen?« echote er.

Singkos Lächeln wurde so breit, dass es beinahe anzüglich war. Es stand in krassem Gegensatz zu seinem sonstigen Auftreten.

»Manche nennen es Ausschweifungen«, bestätigte der Mönch, und als Fritjof die Augenbrauen hochzog, sprach er aus, was der Graf dachte: »Woher ich das weiß? Obwohl ich die Kutte trage und meine Haare rasiere?« Er lachte. »In den

Lehren Neddhas gibt es keine Regel, dass wir Mönche enthaltsam leben müssen. Aber ich kenne das Nachtleben Mi-Yues, weil ich hier geboren bin und meine Jugend verbracht habe.«

»Aha«, machte Fritjof.

»Der Hohe Kanzler hat mich gebeten, Euch etwas herumzuführen, falls Ihr Interesse habt«, meinte der Mönch. »Und natürlich auch Euren Begleiter.«

Fritjof warf einen weiteren misstrauischen Blick auf die Stadt, doch dann schüttelte er seine Bedenken ab. Er war schließlich hier, um Land und Leute kennenzulernen.

Mehr oder weniger, korrigierte er sich selbst in Gedanken, seines eigentlichen Auftrages gewahr werdend.

»Gerne«, antwortete er. In den Augen des Mönches blitzte der Schalk.

**

Der nächste Morgen fand Graf Fritjof, den offiziellen Abgesandten des Kaiserreichs Dnipr-Daphne, über die Reling hängend, die Fische fütternd. Er war in seiner Kabine wach geworden, das Schiff bereits wieder auf seinem Weg den Yue-Fluss hinauf, mit stetigem Schwanken, das ihm sofort Übelkeit verursachte.

Im Hinausstürzen bemerkte er zu seiner Erleichterung, dass auch Baron Mainherr an Bord zurück war. Er war sich dessen nicht sicher gewesen. Seine Erinnerungen an den Abend zuvor waren ausgesprochen schwammig und vor allen Dingen lückenhaft.

Der Mageninhalt, den er dem Wasser des Flusses übergab, war übelriechend, übelschmeckend, bitter, was ihn vermuten ließ, dass er sehr viele unterschiedliche Arten Alkohol konsumiert hatte. Er hatte vage Erinnerungen an eine Wasserpfeife mit irgendeinem Kraut, die er lieber verdrängte.

In seinem Rücken hörte er, dass die Besatzung sich lautstark über ihn unterhielt. Die Männer sprachen gomerisch, so dass er ihre Worte nicht verstand, aber sie schienen sich prächtig zu amüsieren.

Als Fritjof sich endlich aufrichten konnte, ohne sofort von neuem speien zu müssen, sank er an der Reling zusammen. Die Welt vor seinen Augen blieb verschwommen, doch er erkannte einen der Offiziere des Schiffes, als der ihm einen Becher reichte.

Dankbar nahm er ihn an, probierte einen Schluck und hätte sich fast wieder erbrochen.

»Was ist das?« fragte er mühsam, und der Offizier, in weit geschnittener, traditioneller Kleidung mit den Hoheits-abzeichen der Marine Hji-Fengs, ließ sich neben ihm nieder.

Zu Fritjos Erleichterung antwortete er ebenfalls in Isrogant, der Gemeinschaftssprache des Kontinents. »Das ist kalter Tee, mit Fruchtsaft gemixt. Ihr habt Fächerkraut geraucht, wie ich hörte, und das hat Euch viele wichtige Säfte geraubt. Von der Kotzerei ganz abgesehen.«

Er legte zwei Finger unter den Becher und schob ihn in Richtung von Fritjofs Mund. »Trinkt. Es wird Euch gut tun.«

Der Graf gehorchte, wenn auch etwas widerwillig, und nachdem er den Würgereiz überwunden hatte, fühlte er sich tatsächlich besser. Jetzt wurde er durstig. Er nahm einen weiteren Schluck.

»Singko hat Euch ganz schön herumgeschleppt, habe ich gehört«, sagte der Offizier, dessen Namen Fritjof nicht kannte. Er hatte bisher nicht viel Kontakt zu den Gomerern an Bord gehabt.

»Dazu kann ich Euch mehr sagen, sobald ich mich wieder erinnere«, entgegnete er. Seine Sicht wurde langsam klarer, aber das Schwanken des Bootes hatte immer noch eine schlechte Wirkung auf seinen Magen. Zudem machte sich sein Gedärm bemerkbar, und er hatte den Verdacht, er würde bald die Latrine auf dem Hinterschiff aufsuchen müssen. Zumindest gab es hier so etwas – auf den meisten Schiffen des

Kaiserreichs schiss man einfach über die Reling oder bei hohem Seegang in einen Eimer.

Der Offizier lachte leise. »Ich habe viele Erinnerungen an die Vergnügungsviertel von Mi-Yue«, meinte er dann. »Und damit bin ich nicht alleine hier an Bord. Die Flussschiffer haben alle die eine oder andere Erfahrung in der Stadt gemacht.«

Fritjof nickte und leerte den Becher. Das Rumoren in seinen Eingeweiden wurde stärker. »Vom Fluss aus wirkte es eher langweilig.«

Wieder lachte der Offizier. »Wenn Ihr das Singko auch erzählt habt, erklärt das, warum er sich herausgefordert fühlte«, sagte er. »Der Mönch ist sehr stolz auf seine Stadt.«

»Aha«, machte Fritjof und nickte. Das war keine gute Idee, sofort wurde ihm wieder übel. Das löste eine Kettenreaktion aus. Er musste jetzt wirklich zur Latrine.

Während er sich langsam auf alle Viere stemmte und schwankend auf die Füße kam, nahm ihm der Offizier den Becher ab. »Der Reichskanzler möchte Euch sehen, werter Graf«, sagte er dabei. »Wenn Ihr Eure Verrichtung erledigt habt, stattet ihm doch einen Besuch ab.«

Fast hätte Fritjof wieder genickt, doch er erinnerte sich rechtzeitig und hob stattdessen zustimmend eine Hand. Die andere brauchte er, um sich abzustützen.

»In Ordnung, danke«, sagte er. Dann stolperte er über das Deck nach hinten. Hinter sich hörte er wieder Kommentare auf gomerisch, doch ob »sein« Offizier auch etwas beisteuerte, konnte er nicht sagen.

**

Der Baron schlief noch immer, und fast beneidete Fritjof ihn darum. Er wühlte in seinem Reisegepäck nach frischer Kleidung, verzichtete ob seiner zittrigen Hände und des Schwankens des Schiffes auf eine Rasur, wusch sich aber sorgfältig, bevor er sich auf den Weg zum Reichskanzler machte.

Vorher öffnete er die beiden kleinen Fenster der Kajüte. Es stank, als sei etwas darin gestorben, und das war ja auch der Fall: Seine Würde hatte den letzten Abend nicht überlebt.

Als er die weit größere Kabine des Reichskanzlers betrat, vorbei an zwei Wachen in Uniformen der Marinesoldaten, begrüßte ihn dieser allerdings vollendet freundlich.

Er bot ihm sogar an, ihm beim Mittagessen Gesellschaft zu leisten: Auf dem Tisch standen gebratene Hähnchen, die einen eindringlichen Duft verströmten, und diverse Gemüse, nach gomerischer Sitte nur ganz kurz gesotten, nicht gekocht. Fritjof war fast gewillt, das duftende Essen auf dem Tisch für eine subtile Gemeinheit zu halten, mit der der alte Mann ihn für seine mangelnde Disziplin rüffelte.

»Ich habe gehört, Ihr hattet eine harte Nacht«, sagte Mei-Djian, nachdem der Graf sich gesetzt und die Einladung höflich abgelehnt hatte.

Fritjof antwortete mit einem schiefen Lächeln. »Danke der Nachfrage, Hoher Kanzler, man hat Euch nicht die Unwahrheit berichtet.«

»Oh, ich habe es aus erster Hand gehört«, stellte der alte Mann fest. »Singko war heute morgen gleich nach dem Aufstehen bei mir, bevor er sich zur Meditation zurückgezogen hat.«

Zur Meditation, dachte Fritjof spöttisch. *Singko war doch mindestens so betrunken wie ich. Oder etwa nicht?*

Mei-Djian biss herzhaft in eine Hähnchenkeule und schmatzte genüsslich. Fritjof schluckte hart, um den aufkommende Brechreiz zu bekämpfen.

»Wir haben Euch heute morgen auch sofort aus Eurem Eheversprechen freigekauft.«

»Was?«

Mei-Djian kicherte. »Es scheint, Ihr wart sehr enthusiastisch in Eurem Bemühen um eine junge Dame aus der Stadt, werter Graf.«

»War ich?« Fritjof suchte verwirrt nach einer Erinnerung an

einen Heiratsantrag, fand aber nichts.

»Die Dame hat Euch höchstselbst hier am Schiff abgeliefert. Euch und Eure Begleiter, den Baron und auch Singko. Ihr wart alle drei nicht in bester Verfassung, aber Singko und Ihr wart immerhin ruhig, während der Baron recht lautstark Streit suchte.«

Fritjof stöhnte auf, bevor er sich fangen konnte. »Ich bitte um Verzeihung, Hoher Kanzler. Es gehört nicht zu unseren Gepflogenheiten...«

»Ach was«, unterbrach ihn Mei-Djian. »In meiner Jugend hatte ich selbst manches Erlebnis in Xuhajiu, dem Vergnügungsviertel von Mi-Yue. Auch wenn mich niemand jemals aus einem Eheversprechen freikaufen musste.« Wieder kicherte der alte Mann und schaufelte weitere Leckereien auf seinen Teller.

»Bei den Wassern der Flut«, sagte Fritjof. »Das ist mir sehr peinlich.«

»Nun, Singko war vor allem irritiert ob der Wahl, die Ihr getroffen habt. Wie er sagte, war das Freudenhaus voller junger, frischer Mädchen, und doch habt Ihr Euch für die Puffmutter entschieden.«

Puffmutter, wiederholte Fritjof in Gedanken, überrascht über die grobe Wortwahl des Kanzlers.

»Nun, dann bin ich zumindest nicht bei einem langweiligen Mädchen gelandet«, meinte er lahm.

»Nein, darum müsst Ihr Euch keine Sorgen machen. Chei-Gion ist als schillernde Persönlichkeit bekannt. Bislang hat noch niemand gewagt, mit ihr eine andere Beziehung einzugehen als eine geschäftliche«, stellte Mei-Djian fest, dachte kauend ein wenig nach, fügte dann hinzu: »Und auch die geschäftlichen Beziehungen sind nicht allen immer gut bekommen.«

»In Ordnung.« Fritjof hatte genug. »Danke für die Rettung aus den Klauen dieser ehrenwerten Frau.«

»Nichts zu danken.« Mei-Djian schaute auf dem Tisch herum, dann schob er die Hähnchen näher zu Fritjof.

»Wirklich, werter Graf, bedienen sie sich. Es ist vorzüglich.«

»Danke, nein. Hoher Kanzler, was kann ich tun? Wieso habt Ihr mich gerufen?«

Der alte Mann hob abwehrend die Hände, eine Hähnchenkeule noch immer in der Rechten, was die Geste irgendwie bizarr wirken ließ.

»Ich würde Euch niemals rufen lassen, Graf von Marian!« beteuerte er. »Ihr seid ein ehrenwerter Gast, kein Untergebener!«

»In Ordnung«, entgegnete Fritjof, dem für Höflichkeiten die Kraft ausging.

»Gut, gut«, Mei-Djian aß weiter, nahm einen Schluck aus einem Becher, dann sagte er: »Es gab allerdings Unstimmigkeiten über das Auftreten des werten Baron Mainherr von Fumantel. Es wäre interessant, Eure Meinung zu hören.«

Es fiel Fritjof schwer, nicht die Augen zu verdrehen. Der Baron war ein Idiot, ein Klotz am Bein, und es war nicht nur dumm gewesen, ihn mit ins Reich der Elf zu schicken, es war noch dümmer, ihn auf die Kneipentour durch Mi-Yue mitkommen zu lassen.

»Welche Art von Unstimmigkeiten?«

Jetzt endlich hörte der Kanzler auf zu kauen. An einem großen Tuch wischte er sich versonnen die Finger ab, bevor er es auf den Tisch legte und Fritjof geradeaus ins Gesicht blickte.

»Werter Graf«, begann er. »Wir alle im Reich der Elf wissen, dass in manchen Nachbarstaaten Vorurteile gegen uns existieren. Wir haben eine uralte Kultur, wir sind sehr mächtig, wir sind gute Händler, und dass wir unsere eigenen Religionen und Traditionen pflegen, macht unser Leben nicht leichter in einer Zeit religiöser Offenbarungen in Isrogant.«

Er machte eine kurze Pause, aber als Fritjof etwas sagen wollte, unterbrach er ihn mit einer Handbewegung und fuhr fort: »Wir sind außerdem ein Grenzstaat zu den Ebenen von Goma, und die Gomerer sehen anders aus als unsere Nachbarn. Dennoch werden wir nicht gerne schlammfressende, flutsaufende Schlitzaugen genannt – und schon gar nicht von einem offiziellen Vertreter des Nachbarreiches. Auch...«, der alte Mann unterstrich dies mit einer energischen Bewegung der flachen Hand, »... auch, wenn ein solcher Vertreter zum Zeitpunkt der Aussage sturzbetrunken ist.«

Jetzt lehnte er sich zurück und öffnete die Hände zu einer einladenden Bewegung.

Fritjof war sich bewusst, dass eine offizielle Entschuldigung erwartet wurde. Es war sogar noch schlimmer, denn es wurde immer deutlicher, dass Mei-Djian hier ein abgekartetes Spiel spielte. Selbst wenn der Baron – ohne Zweifel dümmer als ein Ork – diese Äußerungen wirklich losgelassen hatte, so war es doch diplomatische Höflichkeit, darüber hinwegzusehen. Wenn der Kanzler den Eklat betonte, steckte mehr dahinter.

Immerhin hatte der Baron ja nicht einen Offiziellen des Reichs beleidigt... oder doch?

Fritjof räusperte sich. »Darf ich fragen, Hoher Kanzler, wem gegenüber diese despektierliche Äußerung gefallen ist?«

Mei-Djian nickte wohlwollend, fast väterlich. »Der Herr Baron hat seine Meinung recht lautstark kundgetan und niemanden ausgeschlossen, persönlich beleidigt hat er allerdings nur unseren Ersten Maat, Lifin Hei-Fa.«

Langsam dämmerten die Zusammenhänge. Fritjof war sich ziemlich sicher, dass dieser Erste Maat genau der Offizier war, der ihn an diesem Morgen an der Reling besucht hatte. Es hatte nicht viel gebraucht, um ihn und seinen jungen, großspurigen Begleiter in eine diplomatische Falle zu locken. Anfänger, die sie waren.

Er seufzte, und es war ihm egal, welche Schlüsse der greise Ratskanzler daraus ziehen mochte.

»Der Baron wird sich höchstpersönlich bei Lifin Hei-Fa entschuldigen.« Fritjof war froh, dass es ihm gelungen war, trotz seines miserablen Zustands den Namen korrekt zu erinnern. »Es ist mir sehr unangenehm, und Ihr könnt vollkommen sicher sein, dass die Aussagen des Barons weder mit seiner tatsächlichen Meinung übereinstimmen noch in irgendeiner Weise die Haltung des Kaiserreichs Dnipr-Daphne widerspiegeln.«

Mei-Djian nickte wieder. »Es freut mich, das zu hören«, stellte er fest.

Fritjof erhob sich. »Bitte vergebt mir, Hoher Kanzler, ich habe ein Gespräch mit Baron Fumantel. Ich bin sicher, wir werden uns im Laufe des Tages noch sehen.«

»Ich wäre erfreut.«

Mei-Djian lächelte, sein Gesicht in freundliche Falten gelegt.

Es war kaum zu fassen, wieviel intrigante Boshaftigkeit hinter diesen sympathischen Zügen verborgen lag.

**

Als Fritjof in die Kabine zurückkehrte, wurde Baron Mainherr gerade wach. Verschlafen sah er hoch, einen Arm über sein Gesicht gelegt.

»Mensch, Ihr seid aber früh auf den Beinen, Graf. Und das nach der Nacht«, grummelte er. Fritjof glaubte, seinen Mundgeruch bis zur Tür riechen zu können, und mit einem Mal hatte er es satt. Der verwöhnte, rücksichtslose, egozentrische Kerl ging ihm auf die Nerven.

»Halt's Maul«, sagte er barsch und ließ sich auf die eigene Koje fallen. Er brauchte eine Pause.

»Wie bitte?« Der Baron fuhr hoch.

»War doch eindeutig, oder?« versetzte Fritjof, der es genoss, ausgestreckt zu liegen, allerdings Sorge hatte, dass ihn doch noch einmal die Übelkeit überwältigen würde.

Fumantel hielt sich den Kopf. »Ich glaube, ich brauche Wasser«, sagte er. Seine Stimme klang belegt.

»Auf jeden Fall brauchst du keinen Schnaps mehr«, sagte Fritjof.

Trotz seines angeschlagenen Zustands genoss er die irritierte Reaktion. Er wusste, dass er unfair war und seinen Zorn über die eigene Naivität am Baron ausließ. Es störte ihn aber nicht. Verwöhnte junge Adlige waren das größte Problem des Kaiserreichs.

»Was ist denn los?« Fumantel wirkte jetzt schon viel wacher.

»Ich hatte gerade ein Gespräch mit dem Kanzler«, erklärte Fritjof. »Du hast dich gestern im Suff benommen wie die Orks, als sie vor Adjagard lagen. Der Erste Maat verlangt, dass man dich Kielholen lässt, und der Kanzler will diesem Antrag stattgeben.«

»Was?« Jetzt saß der Baron auf der Bettkante, die Augen weit aufgerissen. »Wieso?«

»Das musst du besser wissen als ich.« Fritjof drehte sich herum, den Kopf zur Wand. Das Schwanken des Schiffes machte ihn schwindlig. »Du hast wohl einige Leute sehr beleidigt. Ziemlich dumm, über Schlitzaugen herzuziehen, mitten im Reich der Elf, wenn du mich fragst.«

»Feuer und Flut!«

»Allerdings.«

»Was soll ich jetzt tun?«

»Versuchs mit einer Entschuldigung. Am besten mit tiefem Kniefall.« Und obwohl er wusste, wie gemein das war, fügte er hinzu: »Und halt die Luft an, wenn sie dich unter dem Kiel durchziehen. Immerhin gibt's hier im Fluss keine Haie.«

Er hörte, wie der Baron aufsprang und aus dem Zimmer rannte. Dann schlief er noch einmal ein.

**

Der Nachmittag verlief wortkarg. Das Abendessen, das an Bord üblicherweise gemeinsam eingenommen wurde, schien vordergründig wieder ganz normal zu sein. Nur zwischen den beiden Abgesandten Dnipr-Daphnes herrschte eisiges Schweigen.

Fritjof störte sich nicht daran. Mochte sein, dass er sich mit dem Baron einen ewigen Feind geschaffen hatte, der ihn auch noch in zwanzig Jahren am Hof des Grafenkaisers verfolgte. Vielleicht war dies die Grundlage einer legendären Familienfehden, von denen man sich in den Gängen der Paläste zuflüsterte: »Niemand weiß mehr genau, wie es begonnen hat, aber die Familien sind schon seit langem verfeindet.«

Er hatte den Kerl trotzdem satt.

Völlig unerwartet war es dann Mainherr, der in der Kabine am Abend das Gespräch suchte.

»Ich muss mich wohl entschuldigen«, sagte er aus heiterem Himmel.

Fritjof, der sich schon in die Koje gelegt hatte, setzte sich erstaunt auf.

»Naja«, fuhr der Baron fort, »ich habe mich nicht mit Ruhm bekleckert. Es muss sehr unangenehm gewesen sein für Euch, meinen Mist wegzuräumen heute morgen.«

Darauf wusste Fritjof nichts zu sagen. Mit allem hatte er gerechnet, damit nicht.

Sein Schweigen deutete der Jüngere falsch: »Vollstes Verständnis, wenn Ihr zornig auf mich seid. Ich werde mich bessern.«

Fritjof atmete durch. Das war ja noch schlimmer als ein handfester Krach. Jetzt war er zu versöhnlichem Getue gezwungen.

Ein schepperndes Krachen auf dem Flur vor der Kajüte enthob ihn fürs Erste der Notwendigkeit einer Antwort. Es folgte lautes Poltern, ein gurgelnder Schrei, dann lautes Stöhnen, vermischt mit Worten auf gomerisch, die weder Fritjof noch Mainherr verstanden. Sie wechselten einen irritierten Blick, dann sprang Fritjof auf, griff nach seinem Schwert, das an einem Haken an der Wand hing, und öffnete vorsichtig die Tür einen Spalt breit.

Flackernder Lichtschein drang von außen in den Raum. Eine der Öllampen war zu Boden gefallen und hatte die Bodendielen entzündet. Das war kritisch, aber noch kritischer war, dass am Ende des Flures gekämpft wurde.

Was war hier los? Die Gardisten an Bord des Schiffes waren aufmerksame Soldaten. Andererseits hatte Fritjof sich die ganze Zeit gewundert, mit welch schmaler Entourage der Ratskanzler unterwegs war, bedachte man seine Position als erster Mann im Reich. Vielleicht rächte sich dieser Leichtsinn jetzt.

Das nächste Splittern ertönte hinter Fritjof, und er fuhr erschrocken herum. Eine dunkel gekleidete Gestalt schwang sich durch die Überreste des Fensters, mit beeindruckender Gewandtheit, und landete in geduckter Kauerstellung inmitten der Kajüte.

»Bei allen Träumen...« hörte Fritjof den Baron sagen, doch dann bewegte sich der Eindringling, schnell wie ein Blitz, und schnitt ihm das Wort ab. Im wörtlichen Sinne. Der junge Gesandte hob seine Hände zu einer klaffenden Wunde an seinem Hals und fiel rückwärts auf sein Bett. Mit schrecklichem Pfeifen holte er durch die aufgeschnittene Kehle Luft. Blut pumpte zwischen seinen Fingern hervor.

Das wandelte Fritjofs Schock in hektische Aktivität. In der Kabine war nicht viel Platz zum Schwingen eines Schwertes, also stach er zu.

Der dunkle Mörder wich so geschickt aus, wie er vorher durch das Fenster hereingekommen war, mehr gleitend als springend. Fritjof musste sich neu ausrichten.

Sein Gegner blieb zu schnell für ihn. Wie ein Aal wand er sich in Richtung Tür und stieß sie mit einem Fuß auf. Gleichzeitig riss er die linke Hand nach oben. Fritjof sah etwas auf sich zukommen und wich seinerseits reflexartig aus. Er hatte Glück – was immer der Dunkle geworfen hatte, schlug hinter ihm in die Wand, direkt über dem noch immer röchelnden Baron.

Der Angreifer glitt aus dem Raum, und Fritjof fühlte alle Kraft aus seinen Gliedern schwinden. Er sackte zusammen, obwohl ihm bewusst war, dass das eigentlich in dieser Situation nicht ging. Er sollte die Verfolgung aufnehmen, und vor allen Dingen sollte er aufmerksam bleiben, weil niemand sagen konnte, ob nicht noch jemand durch das eingeschlagene Fenster hereinkommen würde.

Er kam auf die Füße, wenn auch schwankend, trat durch die Tür nach draußen in den Qualm des brennenden Flures. Ein Blick zurück zeigte ihm, dass der Baron sich noch bewegte. Es gab dennoch nichts, was er für den Jungen tun konnte.

Im Flur bewegte sich eine Gestalt, wie ein Schattenriss vor den aufbrausenden Flammen, von denen intensive Hitze ausging. Er sah schnell in die andere Richtung – sie war sein Fluchtweg, denn die Galerie der Kajüten für die hochrangigen Gäste an Bord hatte in beide Richtungen Ausgänge, die auf das Hinterdeck der Galeere führten. So schlossen ihn die Flammen nicht ein. Hinter ihm war alles leer, keine Menschen, kein Feuer, aber vor ihm wurde gekämpft. Also wandte er sich dorthin, entgegen seiner Instinkte.

Das Schwert voran eilte er auf das Feuer zu und traf dort auf die ersten Kämpfenden. Als er sie erreichte, fragte er sich, ob die schwarze Verhüllung der Angreifer wirklich zweckdienlich war.

Vielleicht sahen sie es als Tarnung, aber im Gegensatz zu dieser Absicht machte es sie nur gut identifizierbar. Nicht eine Sekunde verging mit der Überlegung, wer Freund und wer Feind war.

Fritjof nahm einen der Schwarzen mit der Schwertspitze, als er ihm gerade rückwärts entgegentaumelte. Nicht unbedingt eine Heldentat, aber doch eine Befriedigung nach dem, was er in der Kajüte hatte miterleben müssen.

Mit etwas Mühe zog er das Schwert hoch, damit der sterbende Körper des Gegners es nicht unter sich begrub.

Schon sah er sich dem nächsten Feind gegenüber, der so flink war, dass Fritjof kurz in Panik geriet, ob es ihm gelingen würde, diese schnellen Schläge tatsächlich zu parieren. In dieser Bedrängnis blieb er allerdings nicht lange, denn ein Gardist kam ihm zu Hilfe, und erleichtert sah er, wie der Vermummte vor ihm zu Boden ging.

Der Boden war glitschig von Blut und Gedärmen. Fritjof sah mit angewiderter Faszination, wie im geöffneten Schädel eines Toten, der nahe an der Flammenwand lag, die weißliche Hirnmasse Blasen warf und zu kochen begann.

Er selbst spürte, dass die Hitze ihm die Haare versengte. Um ihn herum waren die Kämpfe erloschen, die Gardisten hatten die Oberhand gewonnen und zogen sich zurück.

Jemand rief etwas auf Gomerisch, wovon Fritjof vermutete, dass es »Wasser« bedeutete. Löschen war jetzt am wichtigsten, das sah er ein, aber etwas in ihm drängte, stattdessen auf die Suche nach weiteren Gegnern zu gehen.

So drehte er sich um und rannte auf den zweiten Ausgang zu, schwang sich aus der Heckgalerie des Schiffes auf das Bootsdeck, sein Schwert in Bereitschaft.

Zu seinem Schrecken waren die Kämpfe hier noch heftig im Gange.

Es mussten eine Menge Angreifer sein, wenn sie die Besatzung so in Bedrängnis brachten, und hier – ohne das helle Feuer – waren sie tatsächlich viel schwerer zu sehen.

Fritjof wurde vorsichtig, bewegte sich an der Wand entlang, hinter der er die Hitze des Feuers spüren konnte, langsam und aufmerksam.

Der Angriff kam aus unerwarteter Richtung: Von oben. Und irgendetwas war komisch an diesem Eindringling. Er war nicht ganz so schwarz verhüllt wie die anderen, auch wenn Fritjof im Dunkeln nicht erkennen konnte, wie genau seine Kleidung sich unterschied. Vor allem aber seine Waffe war ungewohnt; kein Schwert, sondern eine Art Florett, sehr dünn und biegsam. Nach der Fechtweise zu schließen, war die Waffe nicht scharf an den Rändern, denn der Angreifer verließ sich ganz auf die Spitze.

Das machte Fritjof Probleme. Im Dunkeln hatte er Schwierigkeiten, die Bewegungen des anderen zu sehen, er konnte aber nicht spüren, wohin der andere unterwegs war, weil dieser nie die Klingen kreuzte, sondern stets alle

Bewegungen von Fritjofs Klinge nur aufnahm und weiterleitete. Die Waffe schlängelte um Fritjofs Schwert herum, schnell, wendig, immer versuchend, die Spitze ins Ziel zu bringen.

Prompt spürte Fritjof den ersten Stich am Unterarm. Es tat nicht sehr weh, und er fragte sich, wie der Kämpfer auf diese Weise irgendeine Auseinandersetzung gewinnen konnte, doch schon spürte er einen zweiten Einstich, und dieser ging tiefer.

Diese Waffe durfte er nicht unterschätzen. Fieberhaft überlegte er, wie er dem fremdartigen Kampfstil begegnen konnte, während er versuchte, die Klinge des Gegners nicht entkommen zu lassen, sondern mit dem eigenen Schwert aus dem Weg zu halten.

Vergebliche Mühe. Er spürte einen dritten Einstich, diesmal am Oberkörper, und das war zuviel. In Ermangelung einer besseren Strategie holte er mit seinem Schwert aus und deckte den Gegner mit wuchtigen Schlägen ein. Mit seiner schmalen, flexiblen Klinge konnte dieser ernsthafte Attacken nicht parieren, musste also zurückweichen. Das verschaffte Fritjof etwas Luft, aber keine weiteren Vorteile. Sein Gegner war zu schnell und beweglich, keiner von Fritjofs Angriffen erreichte sein Ziel. Es war frustrierend.

Dann, plötzlich, ging der Andere zum Gegenangriff über. Seine Klinge bewegte sich wie ein Blitz, und Fritjof gelang es nur, die ersten ein oder zwei Streiche wirklich zu parieren, danach traf ihn die Spitze gleich mehrfach, nicht nur gestochen, sondern auch so über seinen Körper gezogen, dass sie lange blutige Striemen zurückließ.

Fritjof wechselte die Taktik und stach selber zu. Mit Erfolg – sein Schwert traf den Gegner, der ein erstauntes: »Uff!« von sich gab, kurz zurückwich und sofort wieder zum Angriff überging.

Rückwärts taumelnd bemühte Fritjof sich, die eigene Klinge zwischen sich und den Angreifer zu bringen, doch dann stolperte er über etwas, das auf dem Boden lag, und schlug hin. Ihm wurde schwarz vor Augen. Er verlor das Bewusstsein.

**

Fritjof verstand keines der Worte, die gesprochen wurden, aber dennoch drangen sie in seinen umnebelten Geist und weckten ihn aus traumlosem Schlaf. Mühsam öffnete er die Augen. Er lag auf einem Bett, weich und gemütlich. Keine Schmerzen.

Das Bett schwankte. Natürlich, er war auf einem Schiff.

Nach und nach erkannte er die Gestalten im Raum. Eine davon war Ratskanzler Mei-Djian. Was machte der hohe Beamte im Schlafzimmer eines diplomatischen Gastes?

Schlafzimmer?

Krankenzimmer! Um Gottes willen, er war verwundet! Wieso spürte er keine Schmerzen?

Er versuchte, seinen Arm zu bewegen, doch das gelang ihm nicht. Ein erschrockenes Ächzen entfuhr ihm.

Mei-Djian unterbrach sein Gespräch mit den anderen Anwesenden und wandte sich ihm zu.

»Graf Fritjof!« sagte er. »Schön, dass Ihr wieder wach seid. Bitte keine Panik! Die Ärzte sagen, Ihr werdet schon bald wieder Arme und Beine bewegen können. Es ist ein Nervengift, das Euch lähmt, aber es wirkt nur vorübergehend.«

Einer der anderen Männer sagte etwas in Gomerisch, und Mei-Djian nickte, bevor er sich wieder an Fritjof wandte: »Der Arzt sagt, dass Ihr das Zurückkommen Eurer Beweglichkeit spüren werdet. Es geht einher mit dem Abklingen der Betäubung, und Ihr werdet Eure Wunden spüren.«

Wieder sagte der Arzt etwas, und Mei-Djian übersetzte: »Nun denn, werter Graf, der Arzt bittet mich, Euch zu warnen, dass die Schmerzen fürchterlich sein werden.«

Fritjof ächzte wieder.

»Was ist passiert?« brachte er hervor.

Mei-Djian nickte, als habe er keine Frage gestellt, sondern eine Antwort gegeben.

»Genau diese Frage stellen wir uns auch«, antwortete er. »Wir hatten einen Angriff, geführt von Riinja-Kämpfern. Nicht ungewöhnlich im Reich der Elf, wenn auch üblicherweise nicht der Ratskanzler Ziel solcher Attacken ist. Aber es gab eine durchaus beunruhigende Besonderheit.« Er hob einen alten Finger zu einer dozierenden Geste. »Der Angreifer, mit dem Ihr zu tun hattet, Graf Fritjof – das war kein Riinja-Kämpfer. Es war ein Federfechter.«

»Feder... was?«

»Ein Federfechter. Ich bin sicher, Ihr habt schon davon gehört. Es wird Euch einfallen, wenn Ihr weniger angeschlagen seid.« Mei-Djian strich sich über das Kinn. »Ein vergiftetes Florett wie das, mit dem Ihr zu tun hattet, nutzt üblicherweise nur die Inselgarde Avenicum Dalors.«

»Ein Gardist?« Jetzt verstand Fritjof die Besorgnis des alten Kanzlers.

Die Kirche des Einen Gottes mischte sich nicht auf diese Weise in die Politik großer Reiche ein. Oder doch?

»Ihr hattet jedenfalls Glück, Graf Fritjof. Das Gift an der Klinge war schon reichlich verbraucht, unser Federfechter hat eine Schneise der Verwüstung hinter sich hergezogen, bevor er auf Euch traf.«

»Ist er...?«

»Entkommen. Ob er überlebt hat, wissen wir nicht, aber er ist nicht mehr an Bord des Schiffes.«

Wieder sprach der Arzt etwas dazwischen, und Mei-Djian legte seine Stirn in Falten.

»Da ist noch etwas...«, sagte er. »Euer Gefährte...«

Fritjof hätte genickt, wäre er nicht gelähmt gewesen, doch auch so unterbrach er den Ratskanzler: »Ich weiß, ich war dabei.«

»Es tut mir sehr Leid. Ein schreckliches Unglück.«

Fritjof sagte dazu nichts. Die Bilder des verblutenden, nach Luft ringenden Barons erschienen vor seinem inneren Auge, und sie waren tatsächlich furchtbar.

Aber auch der Rest der Geschichte gab zu Besorgnis Anlass. Was hatte einen Gardisten von der Insel veranlasst, hier im Reich der Elf einen Mordanschlag auf den Ratskanzler zu begehen? Und was hatte das für Auswirkungen, auch auf die Beziehungen zwischen dem Grafenkaiserreich und dem Staatenbund? Das alles war zu viel für Fritjof, es ging weit über seinen Kompetenzbereich.

In diesem Moment spürte er den ersten Schmerz.

**

Fritjof stand nicht wieder auf den eigenen Beinen, bevor das Schiff im Hafen von Dardan anlegte. Einem bemerkenswert bescheidenen Hafen, vor allem gemessen am Prunk der restlichen Stadt.

Der Fluss Yue war hier noch jung, kam frisch aus den Bergen und hatte weder die Breite noch die Tiefe, die er im weiteren Verlauf gewann. Nur Schiffe mit flacher Bauweise und starken Ruderern schafften es hier hinauf.

Der Hafen war nur eines von vielen Toren in die Reichsstadt. Im Norden war sie über den Dardan-Pass mit dem nördlichen Myanmu-Tal verbunden. Die Reichsstraße Zwei begann an den Füßen des Passes und führte von dort nach Karsania. Auf ihrem Weg kreuzte sie Reichsstraße Drei, die Karsania und Dan Dered verband. Reichsstraße Eins verließ Dardan am Südtor und führte in die Yue-Städte und nach Needja. Sie kreuzte mit der Süderstraße, über die man in die Hafenstädte Kuthor, Hji-Feng und Shen´Chi gelangte.

Es waren diese Verkehrsadern, die das Reich der Elf zusammenhielten. Sie waren Transportwege für Güter wie Nachrichten, und auf ihnen reisten die Abgesandten der Großen Städte zu den Versammlungen in der Halle des Großen Rates. Die Magierstadt war das Nervenzentrum des Städtebundes. Dieser Anspruch wurde in jedem Winkel der Stadt deutlich.

Zwar kannte Fritjof Prunkbauten, breite Alleen und monumentale Gebäude nur zu gut aus der Kaiserstadt Dnipr-Daphne, wo eine ehrgeizige Stadtverwaltung penibel darauf achtete, dass nicht zu viel bürgerliche Normalität in den Stadtkern einsickerte.

Doch selbst die Residenz des Grafenkaisers wirkte bescheiden neben dem Bombast Dardans, in dem jeder Widerspruch zwischen Bürgertum und Adel fehlte. Es gab kein abgezirkeltes Zentrum, das der Verwaltung und den oberen Zehntausend gehörte, keine künstlich aufrechterhaltene Pracht. Die ganze Stadt, inklusive der Wohnviertel, war großzügig und geräumig, die Straßen breit, die Häuser hoch, Denkmäler zierten beinahe jede Ecke, kleine Parks und künstliche Wasserläufe luden zum Verweilen ein, alles atmete den Hauch von Geschichte.

»Hier ist Magie am Werk«, sagte Mei-Djian, der seinen Besucher in einer Kutsche zu einer Stadtrundfahrt geladen hatte. Fritjofs erster Ausflug seit dem Anschlag. »Dardan ist in den Magierkriegen der Dunklen Jahre grausam zerstört worden – doch das ist über tausend Jahre her, und seitdem wurde hier immer gebaut und selten abgerissen.«

Es war Fritjof klar, was das bedeutete: Das gesamte Zeitalter der Ius Adjagard hindurch war Dardan gewachsen, von einer Offenbarung zur nächsten, und auch von der Großen Flut war es verschont worden. Manche Gebäude hier waren wohl älter als sein Familienstammbaum.

Ein ziemlicher Rückschlag für die Legenden aus Avenicum Dalor, dachte er. *Wenn die Große Flut die Strafe des Einen Gottes war für Magie und Mystik... wieso ist dann gerade Dardan so komplett verschont worden?*

Mei-Djian redete wie ein Wasserfall, zeigte hierhin und dorthin, erläuterte die Geschichte der Stadt und des Reichs der Elf.

Fritjofs Irritation nahm zu. Ja, er hatte gewusst, dass Dardan eine Stadt der Zauberei war. Ja, ihm war vollkommen klar, dass es hier noch Magierschulen und Mystische Akademien gab, anders als in den meisten anderen Teilen Isrogants. Aber jetzt *spürte* er, was das bedeutete.

In direkter Nachbarschaft des Grafenkaiserreichs, in dem er großgeworden war und das ihm so normal und selbstverständlich erschien, existierte eine vollkommen andere Welt. Hier wehten die Flaggen mystischer Gesellschaften über uralten Gebäuden, in den Straßen waren Magier ein normaler Anblick, und auch wenn der Nachschub an glanhíren nicht gewährleistet war und somit Sparsamkeit oberste Maxime... das Wirken mystischer Kräfte war unübersehbar.

Mei-Djian hatte die Faszination seines Gastes bemerkt. Er hörte auf zu sprechen und legte ihm stattdessen eine Hand auf den Arm.

»Zauberei ist ein Wunder, nicht wahr?« stellte er fest. »Auch für mich, obwohl ich den Mystikern misstrauisch gegenüber stehe.«

Als er Fritjofs Blick bemerkte, fügte er hinzu: »Das mag seltsam anmuten. Aber werter Graf: Welche Machtfülle liegt in den Händen dieser Magier? Wie groß ist der Einfluss des Dardan-Ordens, der aus den begabtesten Mystikern unserer Zeit besteht? Es kommt nicht von ungefähr, dass die Halle des Rates hier in Dardan steht.«

Fritjof fragte sich, ob in diesen Worten eine versteckte Warnung lag. Wenn diese Macht schon dem Ratskanzler bedrohlich erschien, musste sie nicht für potenzielle Gegner erst recht eine Gefahr darstellen?

»Nun, Euer Exzellenz, ich hatte nicht den Eindruck, dass das Reich der Elf von Magiern geleitet wird«, sagte er vorsichtig.

Mei-Djian lachte auf. »Nein, das wird es nicht. Wir sind eine ausgewogene Gesellschaft. Seht dort!«

Er deutete auf einen Platz, dicht bevölkert von Männern und Frauen jeden Alters, mit den typischen gomerischen Mandelaugen. Die Dardaner hinterließen jedoch einen anderen Eindruck als die Bewohner der Yue-Städte. Dardan war ruhiger, gemessener, wenn auch nicht so kontemplativwürdevoll wie Needja. Nun ja, sah man von dessen Hafen ab.

In der Mitte der Menge bildete sich eine Gasse, Menschen traten respektvoll beiseite, während eine kleine Gruppe Bewaffneter über den Platz schritt. Sie gingen langsam, entspannt, ausgesprochen selbstbewusst. Fritjof sah lindgrüne Uniformen und lange Schwerter. Diese Elitesoldaten kannte er aus Dnipr-Daphne, wo sie die Botschaft des Reiches der Elf bewachten.

»Dandereden«, stellte er fest.

Mei-Djian nickte. »Dan Dered unterhält eine große Garnison ihres Kriegerordens hier in der Reichsstadt«, sagte er. »Diese Elitesoldaten brauchen keinen glanhír, um ihre Dominanz durchzusetzen.«

Fritjof nickte. »Ich verstehe.«

»Davon gehe ich aus.« Mei-Djian lachte. »Das Prinzip von Teilen und Herrschen ist im Grafenkaisserreich elementar, wenn meine Informationen mich nicht täuschen.«

Darüber dachte der Graf ein wenig nach. »Jedenfalls gibt es genug Intrigen am Hofe«, antwortete er dann, und es war ihm in diesem Moment völlig egal, wie unpassend diese Aussage für einen Diplomaten war.

Mei-Djian lachte wieder, diesmal verschmitzt. »Das weiß ich wohl.«

Fritjof hob resignierend die Hände. »Selbstverständlich, Euer Exzellenz.«

Ganz offensichtlich hat das Reich der Elf hervorragende Kontakte am Hofe von Dnipr-Daphne, fügte er in Gedanken hinzu. *Und ich beginne mich zu fragen, wieso das umgekehrt nicht auch der Fall ist.* Er geriet ins Stocken. *Aber falls es doch so ist, wieso wird ein unerfahrener Adliger wie ich auf eine Mission wie diese entsandt? Und wieso habe ich so wenige Hintergrundinformationen?*

Eine Erkenntnis führte zur anderen. Was weiß der Grafen-kaiser von den Operationen an der karsanischen Grenze? Soviel zu Intrigen am Hofe.

Es hatte zu dunkeln begonnen, die Dämmerung legte sich über die Straßen von Dardan, Laternen wurden entzündet und aus den Häusern leuchtete das warme Licht von Fackeln, Kerzen, Lampen und offenen Feuern.

Die Kutsche bog von einer breiten Straße auf einen weitläufigen Platz ein. Eine gewaltige Halle dominierte die von Denkmälern und Bäumen gesäumte Fläche. Über ihr schwebte eine Uhr, deren Maße zur monumentalen Umgebung passten. Fritjof konnte keine Säulen erkennen, keine Seile, keinen architektonischen Trick. Die Uhr hing einfach in der Luft... und sie leuchtete.

Ihr dunkelblauer Schein tauchte die Halle und den sie umgebenden Platz in überirdisches Licht.

»Die Große Halle des Rates«, sagte Mei-Djian. »Mit dem Mystischen Chronometer. Es zeigt die für das ganze Reich der Elf Großen Stadtstaaten verbindliche Zeit.«

»Es scheint gewichtslos«, bemerkte Fritjof.

»Oh, das Chronometer hat Gewicht. Es ist ein ausgesprochen schweres Biest, das in Karsania gebaut wurde und dessen Transport viele Wochen gebraucht hat, wenn die Überlieferung stimmt. Es wurde zur Fünfhundert-Jahr-Feier des Reichs der Elf installiert.«

»Also nehme ich an, dass es Zauberei ist?«

Mei-Djian deutete auf zwei schlanke Türme am Kopf eines großen Eingangsportals. Im Licht der Uhr konnte man in jedem der Türme einen menschlichen Schatten erkennen. »Dort oben sitzen die Torwärter. Sie halten das Chronometer in der Schwebe. Seit hunderten von Jahren.«

»Mit Schichtwechsel, nehme ich an«, bemerkte Fritjof.

Mei-Djian wiegte den Kopf. »Manche sagen so, andere sagen anders. Es ist eine aufopferungsvolle Aufgabe.«

Es war nicht zu erkennen, ob der Ratskanzler einen Witz machte. Nachdenklich blickte Fritjof hinauf zu den beiden Magiern in ihren kleinen Türmen. Sicherlich saßen sie dort nicht seid mehreren Jahrhunderten. Oder?

»Kommt, werter Graf. Es gibt einen kleinen Empfang in der Großen Halle heute abend. Es sind einige Botschafter

100

anwesend, die sich sicherlich schon auf Euch freuen.«

Botschafter? Fritjof rieb sich die Augen. Davon hatte natürlich niemand etwas gesagt. Müde stieg er hinter dem Ratskanzler aus der Kutsche und folgte ihm durch das Eingangsportal.

Über ihm leuchtete die magische Uhr.

**

Mei-Djian lächelte still in sich hinein, während er Graf Fritjof zusah. Der junge Mann war auf dieser Reise in manche diplomatische Falle getappt. Wohlverdient, fand der alte Ratskanzler. Der Grafenkaiser hatte seine Missachtung für das Reich der Elf nur zu deutlich bewiesen, als er zwei grüne Jungs geschickt hatte, um die Karsania-Problematik zu diskutieren.

Dass es seit Jahren keinen ständigen Botschafter des Kaiserreichs in den Elf Städten mehr gab, hatten die hohen Beamten in Dardan lange für einen Ausdruck von Problemen am Grafenkaiserhof gehalten – der Posten war mit vielen Möglichkeiten der Einflussnahme verbunden und vor der Thronbesteigung des jetzigen Grafenkaisers in den Händen einer konkurrierenden Grafenfamilie gewesen.

Nach den Geschehnissen der letzten Wochen zweifelte Mei-Djian daran, dass diese Einschätzung zutraf. Es lag etwas anderes in der Luft. Der Grafenkaiser hatte die Kommunikationswege zwischen seinem Hof und dem Rat in Dardan nicht ohne Grund verlängert. Die Entsendung einer Laienspieltruppe aus Baron und Graf passte gut ins Bild. Es war ein Affront.

Der Tod des Barons wäre andernfalls ein schwerwiegender Zwischenfall gewesen. Unter diesen Umständen bedauerte Mei-Djian ihn nicht wirklich. Es war traurig, ein verschwendetes junges Leben, nur hätte der verzogene junge Adlige ohnehin nichts sinnvolles damit angefangen.

Bei Graf Fritjof war das anders. Das war ein aufgeweckter,

kluger Mann. Er war zur falschen Zeit am falschen Ort, was nicht seine Schuld war. Er hatte viel zu lernen. Was er gerade auf die harte Art tat.

Mei-Djian hatte die diplomatische Elite des Reichs der Elf geladen, und mit ihnen die Botschafter und wichtigsten Vertreter der Oberschicht. Sie waren zahlreich erschienen, wenn auch nicht vollständig, denn die nächste Ratsversammlung lag noch in zu weiter Ferne. Die Stadt war halb leer.

Dass er den Grafen in die Falle hatte laufen lassen, war eine Gemeinheit: In Reisekleidung, im Glauben, er sei auf einer Stadtrundfahrt. Fritjof hatte keine Ahnung von den komplizierten Verstrickungen der Politik in der Reichsstadt, er kannte kaum einen der Anwesenden, und falls er sie jemals am Hof des Grafenkaisers getroffen hatte, war er dort in keiner wichtigen offiziellen Funktion gewesen.

Und hier stand er – mit einem Mal offizieller Vertreter seiner Heimat in einem Haifischbecken. Unvorbereitet. Und falsch angezogen. Er wirkte wie ein Bauerntrampel.

Mei-Djian ließ ihn alleine. Er hatte eine eigene Agenda für diesen Abend, es gab ein paar wichtige Gespräche, die er führen wollte, und den einen oder anderen Kontakt, den es aufzufrischen galt.

So abgelenkt, bemerkte er Graf Fritjof erst wieder eine gute Stunde später. Er stand nahe des kleinen Orchesters in einem Alkoven, der so gebaut war, dass schon angesichts der Musik in nächster Nähe ein Abhören des Gespräches fast unmöglich war. Es dauerte einen kleinen Moment, zu erkennen, mit wem er dort so intensiv plauschte, und dann zog Mei-Djian die Augenbrauen nach oben.

Stiwan dei Kondura, der Botschafter des Inselkönigreichs Droni!

Das war interessant. Nicht so sehr die Verbindung als solche – Mei-Djian war recht sicher, dass die beiden sich an diesem Abend zum ersten Mal trafen – als vielmehr das Interesse des dronischen Botschafters an einem Gespräch mit einem

Gesandten Dnipr-Daphnes.

Private Sympathie? Das erschien zweifelhaft. Soviel Mei-Djian wusste, war Stiwan nicht bekannt dafür, überhaupt irgend jemanden sympathisch zu finden. Geschweige denn, von jemandem sympathisch gefunden zu werden.

Eine spannende Entwicklung.

Er würde sie im Auge behalten.

**

Erst zwei Tage später fand der Ratskanzler Gelegenheit, das Thema anzusprechen. Die Reisegruppe hatte Dardan durch das Nordtor verlassen. Beritten jetzt, was anstrengend war, Mei-Djian allerdings nicht anfocht. Er war alt, aber nicht krank, und das Reiten war sogar eine Wohltat für seine Hämorrhoiden.

Zumindest bildete er sich das ein.

Ihre Eskorte war gewachsen. In Dardan waren einige Dandereden zu ihnen gestoßen, aber auch Gardisten aus Karsania und zwei Brüder des Dardan-Ordens. Die beiden Magier hielten sich etwas abseits, was ihrem gewöhnlichen Verhalten entsprach, aber Mei-Djian sah überdeutlich die rote Säufernase des einen, hörte seine laute Stimme... ganz egal, welches Bild er von sich zu zeichnen bemüht war, dieser Mann war ganz sicher grundsätzlich sehr gesellig.

Graf Fritjof ritt in der Mitte der Reisegruppe. Er machte einen recht fröhlichen Eindruck. Trotz des schwierigen Abends beim Empfang schien er sich in Dardan wohlgefühlt zu haben. Mei-Djian dachte darüber ein wenig nach. Dem Grafen schien es generell im Reich der Elf Großen Stadtstaaten zu gefallen. Wieso war ihm das vorher nicht bewusst geworden? Wochen verbrachte er jetzt damit, den dnipr-daphnischen Gesandten mit den geeigneten Botschaften zu versorgen, und jetzt wurde ihm klar, dass er übersehen hatte, wie groß die Sympathien des jungen Mannes für das Reich waren.

Er ließ sein Pferd zurückfallen. Gardisten und Dandereden

machten ihm respektvoll Platz. War das nicht verrückt? Als junger Mann hatte er manchen Tagtraum daran verschwendet, dass einer dieser unbesiegbaren Helden ihn eines Tages einmal wahrnehmen würde.

Schon dafür hatte es sich gelohnt, das Amt der Ratskanzlers anzunehmen. Er schalt sich für diese unsägliche Eitelkeit und genoss das Gefühl dennoch in vollen Zügen.

»Euer Exzellenz«, begrüßte ihn Graf Fritjof. Mei-Djian sah, dass er einen teuren Umhang mit dem Wappen Dnipr-Daphnes trug, feine Reiterhandschuhe und eine Reittunika mit einem anderen Symbol, vermutlich dem seiner eigenen Familie.

Die Scheide des Schwertes hing vor dem Sattel, in Reichweite. Fritjof hatte eine gute Wahl getroffen, was sein Pferd betraf. Ein wertvoller Morierhengst, aber keiner der auf gutes Aussehen hin gezüchteten Paradegäule, sondern ein robustes, stabiles Tier.

»Hochverehrter Graf«, grüßte Mei-Djian zurück. »Mir scheint, auf dem Rücken eines Rosses fühlt Ihr Euch wohler als an Bord eines Schiffes.«

»Die Grafschaft Marian ist bekannt für ihre Gestüte«, entgegnete Fritjof. »Ich bin sozusagen mit Stutenmilch aufgezogen.«

»Das klingt sehr gomerisch.« Mei-Djian verzog das Gesicht. »Die Reitervölker der Steppen leben in Symbiose mit ihren Reittieren.«

»Ah, naja, bei uns stehen die Pferde in Ställen oder auf den Weiden. Nicht in unserem Wohnzimmer.«

»Ich denke, bei den Nomadenvölkern sind die Wohnzimmer Jurten.«

»Ich hörte, die können dennoch sehr gemütlich sein.«

Mei-Djian grinste schief, und Fritjof konnte einen Blick auf den jungen Mann erhaschen, der der Reichskanzler einst gewesen war. »Sehr gemütlich, in der Tat. Wenn man den Gestank erträgt.«

»Hm«, machte Fritjof.

Der Ratskanzler wechselte das Thema. »Ich habe mich gefragt, ob Eure Familie etwas mit dem Mariangau zu tun hat.«

Fritjof lachte leise. »Mariangau liegt im rauhen Norden Dnipr-Daphnes. Viele Wälder, tiefe Schluchten und im Westen die schroffen Berge. Die Grafschaft Marian hingegen ist berühmt für ihre lieblichen Auen, in denen Obst und Getreide ebenso gut gedeihen wie unsere Pferde.«

»Also nur eine Ähnlichkeit der Namen.«

»Keine Seltenheit in Dnipr-Daphne. Die Grafenfamilien sind weit verzweigt und oft miteinander verwandt. Es gibt viele Orte mit gleichen Namen. Das kann sehr verwirrend sein.«

»Faszinierend.«

»Macht Euch nicht lustig, Euer Exzellenz. Verglichen mit den Feinheiten der gomerischen Sprache ist Dnipr-Daphne doch harmlos.«

»Das mag sein. Die gomerische Kultur ist in vielerlei Hinsicht ungewöhnlich. Viele in Isrogant finden sie fremdartig.«

»Fremdartig? Ich will doch meinen, dass Isrogant an Fremdartigkeit reich ist. Oft genug ist erstaunlich, wie eng beieinander völlig verschiedene Lebensweisen existieren.«

»Das hat schon Sheman´O beschrieben. Er fragte Zeit seines Lebens, wie es sein kann, dass ein solcher Flickenteppich an Kulturen entstanden ist. Er vermutete Völkerwanderungen, und tatsächlich gab es davon in der Historie ja genug.«

»Eines Tages werden kluge Männer diese Wanderungen nachvollziehen.«

Mei-Djian schnaubte. »Kluge Männer stehen dieser Tage meist in Diensten der Kirche des Einen Gottes. Sie werden es nicht Völkerwanderung nennen, sondern Gottes Wege.«

Das war eine all zu freimütige Äußerung.

»Mir scheint nicht, als habe die Kirche des Einen Gottes im Reich der Elf große Bedeutung«, bemerkte Fritjof vorsichtig.

»Missionare schicken sie jedenfalls genug«, erwiderte der Ratskanzler. »Wir hatten sogar welche aus Droni hier.«

»Das ist ungewöhnlich. Mir ist neu, dass die dronische

Staatskirche missioniert.«

»Ich entnehme dem, dass das in Dnipr-Daphne nicht der Fall ist?«

»Die Grafenkaiser haben schon vor der Zweiten Offenbarung viel Wert darauf gelegt, die Kirchen und den Staat zu trennen. Da der König von Droni gleichzeitig das Oberhaupt der dronischen Kirche ist, wäre Missionsarbeit sicherlich nicht willkommen.«

Mei-Djian nickte. Auch er war kein Freund der Droniten. Zu offensichtlich war deren Kirche lediglich ein Mittel ihres Königs, der Einflussnahme Avenicum Dalors in seinem Inselreich einen Riegel vorzuschieben. Er zog daraus den gleichen Schluss wie Graf Fritjof: Missionare dienten nicht der Verbreitung des Glaubens, sondern der Ausdehnung politischer Macht.

Auf gut Glück wagte er einen Vorstoß.

»Wie ich höre, ist die Verbindung zwischen Kaiser Romaro und dem dronischen Königshaus aber dennoch sehr fruchtbar.«

Fritjof antwortete nicht sofort, und Mei-Djian sah zu seiner Überraschung, dass der junge Mann schmunzelte.

»Euer Exzellenz«, antwortete er. »Ich kann nicht viel sagen zu den Beziehungen zwischen Kaiser- und Königshaus. Eure Informanten an beiden Höfen werden Euch sicherlich in Kenntnis setzen. Aber wenn es Euch interessiert, kann ich von den Verbindungen zwischen den Lords dei Kondura und den Grafen von Marian berichten. Botschafter Stiwan dei Kondura ist mein Schwager.«

»Oh«, machte Mei-Djian.

»Tatsächlich wusste ich nicht, dass er hier in Dardan ist. Wir sind darüber nicht unterrichtet worden, und meine Schwester ist auch nicht mit ihm hier.«

Der Ratskanzler nickte langsam, was in der Bewegung des Pferderückens beinahe unterging. Anscheinend waren die Grafen von Marian nicht die einzigen, die eine Information verpasst hatten.

Graf Fritjof war noch nicht fertig. »Ich kann Euch nicht sagen, was genau das über die Beziehungen unserer Familien aussagt. Aber mein Vater war nicht begeistert von der Hochzeit seiner Tochter außerhalb des Kaiserreichs. Droni ist sehr weit weg von Zuhause.«

»Das ist es«, stimmte Mei-Djian zu. »Allerdings spricht das alles für eine Liebeshochzeit, wenn ich die Zeichen richtig deute.«

»Das dachte ich auch.« Fritjof zügelte sein Pferd und führte es um einen Strauch herum, der in der Mitte der Reichsstraße wuchs – ein Vorkommnis, das der Ratskanzler nicht gutheißen konnte. Die wichtigsten Verkehrsadern des Reiches waren überlicherweise gut in Schuss, solche Nachlässigkeiten waren ausgesprochen ungewöhnlich.

Die Reiter hinter ihnen ignorierten die Pflanze und ritten sie einfach nieder. Der Ratskanzler grübelte, ob die Vorsicht des Grafen wohl der Pflanze oder seinem Reittier gegolten hatte.

Sanfter Wind strich von den vor ihnen aufragenden Bergen herunter, sie passierten ein großes Gut, dessen Bauweise vom Reichtum seiner Bewohner zeugte... und davon, dass hier einstmals Magier als Baumeister beteiligt gewesen waren. Ein Teil der Wände und des Daches war nicht gemauert, sondern aus Stein geschmolzen worden.

»Vielleicht findet Ihr Eure Schwester in der Heimat, wenn Ihr selbst von dieser Reise zurückkehrt«, bemerkte der Ratskanzler schließlich.

Fritjof lachte auf. »Niemand ist so gläubig wie Carmela, wenn sie auch stets unentschieden war, woran sie glauben soll. Käme sie zurück, wäre sie vermutlich die Missionarin, die Ihr in Dnipr-Daphne bislang vermisst.«

**

Karsania funkelte. Die blendend weißen Stadtmauern glitzerten im Sonnenlicht, doch Fritjof konnte nicht glauben, dass dort tatsächlich jene Edelsteine verbaut waren, für die man überall in Isrogant horrende Summen bezahlte.

Der Ratskanzler wusste es besser. Seit Menschengedenken hatte die Stadt sich herausgeputzt, mit allen nur erdenklichen Mitteln. Das galt nicht nur für Architektur und Handel: Die nördlichste Stadt des Reiches war ein berühmtes Zentrum für Mode, Kunst und Theater.

»Lasst Euch nicht täuschen, werter Graf«, sagte er leise, als sie auf die Stadt hinunterblickten. »Karsania hat zwar einen Hang zu Blendwerk, aber Schönheit geht hier tiefer. Unsere besten Dichter stammen aus dieser Stadt.«

Fritjof zog die Brauen nach oben. »Davon habe ich nie gehört«, antwortete er. »Nur den Schmuck kennt man überall.«

Der Ratskanzler lächelte. »Weil die Welt schön werden will, nicht weise«, sagte er.

Ihr Ritt hatte nur wenige Tage gedauert. Die Passstraßen hatten sie mit beinahe lächerlicher Problemlosigkeit hinter sich gebracht, bedachte man, wie mühselig und gefährlich sie im Winter sein konnten.

Natürlich waren sie erst kürzlich ausgebaut worden. Mei-Djian selbst hatte im Rat die Mittel bereitgestellt, um die großen Reichsstraßen zu verbreitern und besser mit Gaststätten und Hilfsstationen zu versorgen.

In einer Welt, die noch immer von der Großen Flut gezeichnet war, in der Völkerwanderungen, Verdrängungskriege und religiöser Fanatismus dominierten, war das Reich der Elf ein sicherer Hafen voller Wohlstand und Kultur.

Mei-Djian setzte sich im Sattel seines edlen Pferdes zurecht. Er freute sich auf die Ankunft, auf gutes Essen, ein sauberes Bett mit weichen Decken, ein heißes Bad und ein Theaterstück am Abend.

Und irgendwann, in nicht all zu ferner Zukunft, auf die Heimreise. Sicherheit und Geborgenheit, in dem Heim, das er sein eigen nennen konnte.

Die Kerker Karsanias waren nicht glanzvoll. Sie waren moderige, kalte Löcher wie in den meisten Städten Isrogants. Dass das größte Gefängnis der Stadt sich auch noch in ihrem Zentrum befand, dass Besucher aus dem quirligen Leben der Stadt in diese dunkle, kalte Welt traten — das machte die Situation noch schlimmer.

Fritjof schauderte beim Gedanken daran, dass viele der Insassen schon seit Jahren hier im Untergrund vegetierten, während ihre Angehörigen nur wenige Meter weiter weg in Licht und Sonne lebten.

Dass die Behörden Karsanias die gefangenen mutmaßlichen Soldaten aus dem Grafenkaiserreich hierher verbracht hatten, war beinahe eine Provokation. Er wagte dennoch keinen Protest. Handelte es sich bei den Männern tatsächlich um dnipr-daphnische Soldaten, war das ein schlimmerer Übergriff, und er hatte keine Ahnung, wie er damit umgehen sollte. Niemand hatte ihn vor Beginn seiner Mission auf so etwas vorbereitet. Er war der festen Überzeugung gewesen, dass es hier keinen echten Grenzkonflikt gab, und dass seine Aufgabe sein würde, zuzuhören und zu beschwichtigen.

Stattdessen hallten seine Schritte jetzt auf dem Stein karsanischer Kerker. Er befand sich in Begleitung des karsanischen Hauptministers Chi-Chuwen, eines kahlen Mannes mit kleiner goldener Brille und grauer Robe aus feinster Seide, die von einer Brosche am Hals zusammengehalten wurde. Natürlich mit Diamantbesatz.

Zwei grimmig dreinschauende Wachen marschierten vor ihnen, vorbei an vergitterten Räumen, in denen unrasierte, schmutzige Gestalten saßen. Zwei Abbiegungen und eine Treppe weiter änderte sich das Bild: Solide Holztüren, mit Eisen beschlagen, flackerne Kerzen an den Wänden, eine offene Tür ließ den Blick frei auf enge Mauern, ein vergittertes schmales Fenster, eine Holzpritsche und ein kleines

Waschbecken.

»Es gibt fließend Wasser hier im Gefängnis?« fragte Fritjof überrascht.

»Allerdings«, antwortete Chi-Chuwen. »Der Direktor dieser Anstalt ist sehr stolz darauf. Im Hof gibt es eine Tretmühle, in der die Gefangenen hart arbeiten, um Wasser aus dem Brunnen auf das Dach zu pumpen. Damit werden sogar noch die angrenzenden Häuserzeilen versorgt.«

»Das klingt nach viel Komfort.«

Chi-Chuwens Gesichtsausdruck war schwer zu deuten. »Glaubt mir, werter Graf, ich habe wenige Strafen gesehen, die so grausam waren wie die Tretmühle.«

Bei den Wassern der Flut, dachte Fritjof. *Aus dieser Richtung habe ich es nicht gesehen.*

Die Wärter blieben stehen. Rasselnd wurden Schlüssel ins Schloss einer Tür gesteckt.

»Wir halten diesen Mann für den Anführer der Gruppe, die wir in den Bergen nördlich der Stadt verhaftet haben«, erläuterte der Hauptminister. »Er spricht gutes gomerisch, er war von all seinen zwölf Kameraden am besten ausgestattet, und wir fanden die Abzeichen eines Hauptmanns der kaiserlichen Reiterei.«

»Die hat er vielleicht von seinem Vater geerbt«, meinte Fritjof lahm.

»Alles ist möglich«, entgegnete Chi-Chuwen. »Er gehört Euch, werter Graf. Wenn Ihr die Unterredung beendet habt, klopft an die Tür. Ein Wärter wird hier auf Euch warten und Euch zurück geleiten.«

Fritjof nickte. »Danke.«

»Wir sehen uns dann heute Abend, im Rahmen des offiziellen Abendessens im Palast.«

Wieder nickte Fritjof. »Ich nehme an, dass ich dort sein werde.«

»Ihr seid ein hoher Gast des Fürsten, Graf Fritjof. Selbstverständlich seid Ihr dort willkommen.«

»Selbstverständlich.«

Chi-Chuwen verbeugte sich knapp, dann verschwand er mit einem der Wärter dorthin, woher sie gekommen waren.

Fritjof seufzte und betrat die Zelle. Hinter ihm fiel die Tür ins Schloss.

Wie fürchterlich.

**

»Den Träumen sei Dank!«

Fritjof fuhr zusammen angesichts dieses lauten Aufschreis, dann wurde seine Hand gegriffen, wie unter Freunden, die sich lange nicht gesehen haben. Eine zweite Hand landete auf seiner Schulter und klopfte sie, freudig und enthusiastisch.

Er wäre zurückgewichen, nur war das in dem engen Raum unmöglich. So blieb er stehen, schüttelte die Hand des Gefangenen und musterte seine Züge im durch Gitter gefilterten Licht, das durch das schmale Fenster in die Zelle fiel.

»Beruhigt Euch, Mann«, sagte er dann. Er befreite seine Hand und drückte sein Gegenüber in Richtung Bett, so dass er selber Luft zum Atmen bekam.

Es gab einen kleinen Tisch und einen grob gezimmerten Stuhl, den er sich jetzt – in Ermangelung einer besseren Idee – heranzog und Platz nahm.

Der Gefangene stand kurz unschlüssig im Raum, dann setzte auch er sich, auf die Kante seiner Pritsche.

Ein Moment peinlichen Schweigens entstand, das Fritjof schließlich brach, indem er fragte: »Darf ich Euren Namen erfahren?«

»Natürlich«, beeilte der Gefangene sich zu sagen. »Ich bin Ralf Fredenham aus Verrengut im Rodasgau.«

»Dnipr-Daphne«, stellte Fritjof fest.

»Ja... ja, ja.« Fredenham verschränkte die Hände in seinem Schoß. Eine angespannte Bewegung. Seine Knöchel liefen weiß an. »Bitte vergebt mir, werter Graf, ich war so erleichtert, Euch zu sehen. Wir sind seit vielen Wochen hier im Kerker, und wir haben nichts gehört...«

»Graf?« unterbrach Fritjof. »Woher kennt Ihr meinen Titel?«

Fredenham deutete auf das kleine Wappen auf Fritjofs Kleidung. »Marian«, sagte er. »Da fiel der Groschen. Ich habe Euch am Hof des Grafenkaisers gesehen.«

»Am Hof?« Fritjof war erstaunt, aber auch entsetzt. Wenn dieser Mann tatsächlich ein kaiserlicher Reiter war, wie konnte er dann wagen, das hier so offen zur Schau zu stellen? Es war doch zu erwarten, dass sie abgehört wurden! Ganz sicher waren diese Zellen so gebaut, dass man jedes Wort belauschen konnte, wenn man nur wollte... ach was, in diesem Reich der Magie war das vielleicht nicht einmal nötig.

Fritjof wechselte in die Kampfsprache der Kaiserlichen Garde. Nur ausgewählte Kreise in Dnipr-Daphne verstanden sie, noch weniger waren tatsächlich im Stande, sie zu sprechen. Fritjofs Ausbilder hatten Wert darauf gelegt, dass der junge Graf sie beherrschte.

»Wann hast du mich am Hof gesehen?« Die Frage klang barsch, und so war sie auch gemeint.

Der Mann zuckte zusammen, antwortete aber in der gleichen Sprache. Womit zumindest ein Teil der Behauptung belegt war, Soldaten aus Dnipr-Daphne hätten die Grenze überschritten. Blieb die Frage, ob sie dies als Privatperson getan hatten oder im offiziellen Auftrag.

»Das muss etwas über ein Jahr her sein, Graf.«

»Was hast du am Hof gemacht?«

»Ich war Gardesoldat. Hauptmann im 18. Regiment Baron Revenaus.«

»Du warst Gardesoldat?«

»Ja, ich bin ausgeschieden aus dem aktiven Dienst. Vor jetzt fast zehn Monaten.«

Fritjof nickte nachdenklich.

»Wenn ich die anderen Gefangenen aus Dnipr-Daphne frage, die hier im Gefängnis sind... werden sie Soldaten des gleichen

Regiments sein?«

Fredenham zögerte.

»Also ja«, schloss Fritjof. »Und kann ich davon ausgehen, dass sie allesamt vor etwa zehn Monaten aus dem Dienst ausgeschieden sind?«

Der Kopf des Gefangenen senkte sich. Wieder kam keine Antwort.

Fritjof holte tief Luft. »Du hast damit gerechnet, dass ich entweder eingeweiht bin oder gar nichts weiß, richtig?«

Fredenham nickte schwach, und Fritjof fuhr fort: »Weil du und deine Leute hier gefangen genommen wurden, kann ich euch wegen Hochverrats aufhängen lassen. Hier — oder in Dnipr-Daphne. Das ist dir klar?«

»Ja, Herr Graf.«

Fritjof beugte sich vor, zwang dem Hauptmann seinen Blick auf. »Wenn ich euch aber nicht hier aufhängen lasse, sondern erst nach Hause bringe.... dann wird jemand eingreifen und die Gerichtsverhandlung zu euren Gunsten drehen. Oder zumindest nachträglich eine Begnadigung erwirken.«

»Ich weiß nicht...« Die Antwort kam leise, unsicher.

»Aber du hoffst es.«

Fredenham nickte.

»Hm«, machte Fritjof und lehnte sich zurück. »Ich denke, du hast Recht. Es würde sich jemand für euch einsetzen. Schließlich hat euch auch jemand geschickt.«

Fredenham fuhr hoch. Jetzt verstand er, worauf Fritjof hinauswollte. »Ich kann Euch nicht sagen, wer das ist!«

»Kein Problem. Dann erledigen wir das mit dem Aufhängen gleich hier.« Fritjof erhob sich. »Diplomatisch ist das ohnehin einfacher. Dann kann ich dem Ratskanzler sagen, dass ihr alle zwar Untertanen des Grafenkaisers seid, aber ohne offiziellen Auftrag hier wart. Das löst mein Problem.«

Damit trat er an die Tür und klopfte nach dem Wärter.

Fredenham sprang auf. »Herr Graf!« rief er. »Werter Graf, das könnt Ihr nicht tun!«

Vergessen war die Gardesprache, der Hauptmann sprach wieder Isrogant.

Fritjof legte geballte aristokratische Hochnäsigkeit in seinen Blick, stand schweigend neben der Tür.

Fredenham warf die Hände nach oben. »Ich kann Euch wirklich keinen Namen nennen! Ich dachte, Ihr wüsstet...«

Fritjof hörte den Schlüssel des Wärters rasseln und beschloss, den Druck zu erhöhen. »Hör zu, Mann«, sagte er, wieder in Gardesprache. »wenn es nicht der Kaiser persönlich ist, in dessen Auftrag du gehandelt hast, dann rückst du besser raus mit der Sprache.«

Der Hauptmann brauchte einen Augenblick, in dem sich der Schlüssel im Schloss drehte, dann weiteten sich seine Augen.

»Herr Graf!« sagte er. »Wenn ich Euch jetzt den Namen nicht sage, müsst Ihr ja davon ausgehen, dass es seine Majestät persönlich...«

Fritjof lächelte schmal. »So ist das wohl, Hauptmann Fredenham. Ich bin offizieller Gesandter seiner Majestät, des Grafenkaisers. Wenn du seine Hoheit deckst, ist das selbstverständlich in Ordnung. Dann werdet ihr ehrenhaft in den Tod gehen, das Schicksal eines aufrechten Soldaten in einem fremden Land.«

Die Tür der Zelle öffnete sich, der Wärter spähte neugierig in den Raum. Schmale Mandelaugen, ein grausamer Zug um die Mundwinkel, schwellende Muskeln unter narbiger Haut. Fritjof war froh, diesem Mann nicht ausgeliefert zu sein.

Er drehte sich noch einmal um. »Ich werde morgen mittag noch einmal hereinschauen und dann vielleicht auch mit deinen Soldaten reden, Hauptmann.«

Der Wärter kniff die Augen zusammen angesichts der Sprache, die er nicht verstand. Das konnte Fritjof gut verstehen, es hätte ihn auch misstrauisch gemacht. Ungeachtet dessen fuhr er fort: »Bis dahin, Fredenham, hast du überlegt, wo deine Ehre liegt. Du deckst den Kaiser – in Ordnung. Ich werde seiner Majestät von deinem Heldenmut berichten. Nach deiner Hinrichtung. Oder du nennst mir den Namen deines Auftraggebers. Dann sehen wir weiter.«

Er sah die Verzweiflung, die sich auf Fredenhams Gesicht malte, und fühlte sich schäbig. Dennoch wandte er sich um und verließ die Zelle. Hinter ihm fiel die Tür ins Schloss.

Bei den Wassern der Flut, dachte er. *Das hier ist ein Alptraum.*

**

Fritjof verbrachte einen unangenehmen Abend im Palast des Fürsten von Karsania, mit köstlichem Essen, epischer Musik und Dichtung auf gomerisch, von der er kein Wort verstand. Während Kanzler Mei-Djian ihn höflich und förmlich mit dem Adel der Stadt bekannt machte und Konversation pflegte, hatte er Mühe, die richtigen Antworten zu geben.

Er verabschiedete sich so früh, wie die Höflichkeit es gerade noch zuließ, und genoss in seinen privaten Räumen ein typisch karsanisches Bad. Heiß, mit würzigem Geruch, angerichtet von juwelengeschmückten jungen Männern und Frauen.

Die Ablenkung klärte seinen Kopf nicht.

Das geschah erst am nächsten Tag, als er nach dem Mittagessen mit klopfendem Herzen den Weg in die Kerker Karsanias zum zweiten Mal antrat. Hauptmann Fredenham empfing ihn mit aufrechter Haltung, nicht als der fast gebrochene Mann, den er am Tag zuvor verlassen hatte.

»Graf Fritjof«, begrüßte er den Besucher mit knapper Verbeugung, um dann sofort in Gardesprache fortzufahren. »Ich habe viel nachgedacht. Ihr seid der offizielle Gesandte seiner Majestät. Ich sollte Euch nichts vorenthalten.«

Fritjof fühlte sich so erleichtert wie die Träumer der Ersten Offenbarung, als sie den Geysir von Adjagard erblickten. »Ich halte das für eine gute Entscheidung, Hauptmann.«

Er setzte sich auf den Stuhl.

Auch der Hauptmann nahm Platz, auf dem Bett, genau wie am Vortag. »Tatsache ist, dass ich nicht weiß, in wessen Auftrag wir genau handelten«, erklärte er.

Fritjofs Mut sank. Wollte dieser Mann ihn belügen, sich aus der Affäre ziehen?

»Was heißt das?«

»Wir wurden von Reichsmarschall Gerwida in der Hauptstadt beurlaubt und in den Mariangau entsandt. Freigestellt auf Bitte des Grafen Roderik. Ich weiß also nicht, ob der Reichsmarschall eingeweiht war in dessen Planungen.«

Fritjof brummte. Da war die nächste Zwickmühle.

»Wieso hat der Graf nicht eigene Soldaten entsendet?« fragte er.

»Das hat er!«

»Das hat er?« Es gab also noch weitere Krieger aus Dnipr-Daphne im Reich der Elf. Fabelhaft. Aber war das denn wirklich unerwartet?

»Ja, wir waren über hundert Mann zu Beginn. Der Graf sagte, er sei froh, dass auch Elitesoldaten aus der Hauptstadt dabei seien. Weil deren Meinung seine Majestät vielleicht eher überzeugen könnte.«

Der Grafenkaiser war also nicht überzeugt. Vielleicht nicht einmal eingeweiht. Unklar blieb, ob der Marschall...

Fritjof schob den Gedanken beiseite.

»Gut, Hauptmann«, sagte er. »Wovon überzeugen?«

Fredenham leckte sich die trockenen Lippen, dann sagte er leise: »Riinja.«

Fritjof hätte fast die Augen verdreht. Tatsächlich. Riinja.

»Es ist schockierend, Graf!« Fredenham fuhr sich mit den Händen durch die Haare. »Es ist keine normale Kampfweise. Es ist beinahe mystisch.«

»Ist es Magie?«

»Nein, Graf. Eher Wissenschaft, die in die Tiefe geht.« Der Hauptmann rieb sich über das Gesicht. »Aber es ist voller Fallen. Tricks. Vielseitig, unerwartet. Nicht ehrenhaft, nicht unbedingt.«

»Nicht ehrenhaft?«

»Nicht ritterlich, zumindest. Nicht adjagarisch.«

»Kein Ehrenkodex?«

»Doch! Aber gnadenlos und nicht geradeaus.«

»Ich verstehe nicht.«

»Schwer zu erklären. Riinja ist eine Kunst des Tötens, nicht des Kämpfens an sich.«

»Meuchelmörder.«

»Trifft es nicht wirklich, aber diese Richtung.«

Eine Weile starrte Fritjof den Hauptmann nur an. »Wäre es brauchbar für die Armee von Dnipr-Daphne?«

Fredenham schüttelte den Kopf. »Nein, für das Schlachtfeld ist es nicht besonders geeignet. Aber für Einzelkämpfer. Tatsächlich haben die Riinja-Schulen viele Schüler aus dem Ausland. Krieger, die sich fortbilden wollen.«

»Hast du welche getroffen in der Schule?«

»Zwei. Ein junger Mann aus der Hafenstadt Ciena, Sohn eines reichen Handelsmagnaten. Gooregan hieß er. Verwöhntes Kerlchen, dem alles zuflog. Und sein Kumpel Shivan Germont, aus dem Süden des Kontinents. Der arme Kerl hatte vergleichsweise hart zu kämpfen, ich fand ihn aber viel sympathischer.«

»Keine Soldaten?«

»Söldner im besten Fall, Graf. Gooregan war wohl von seinem Vater geschickt worden, um etwas für seine eigene Sicherheit zu lernen. Dafür ist Riinja hervorragend geeignet. Wäre ich an Eurer Stelle, Graf, ich würde es lernen wollen.«

»An meiner Stelle?«

»Aber sicher. Der Adel ficht seine Kämpfe nicht so sehr auf dem Schlachtfeld, oder nicht?«

Das verschlug Fritjof die Sprache. »Ich muss sagen...«, begann er, dachte dann noch einmal darüber nach und startete neu: »Hauptmann Fredenham, ich habe das Gefühl, heute einem anderen Mann gegenüberzustehen als gestern.«

Sofort sackte der Hauptmann zusammen. »Ich bitte um Vergebung, Graf. Ich wollte nicht vermessen klingen.«

»Ich bin mir nicht sicher, ob ich das vermessen finde, oder

einfach nur ehrlich. Aber es gibt mir zu denken.«

Fritjof erhob sich. Der Hauptmann beeilte sich, es ihm nachzutun.

»Ich möchte mehr wissen. Viel mehr. Ich werde dich und deine Männer hier herausboxen, auch wenn das nicht leicht wird. Auf der Heimreise werde ich viele Fragen stellen. Wir werden nicht im Mariangau anhalten, sondern direkt zum Kaiserhof reisen. Ich gehe keine Risiken ein.«

Der Hauptmann wurde etwas blass um die Nase. Die Gefahr, in der er als Zeuge potenziellen Verrats schwebte, war ihm doch am Tag zuvor noch so eindeutig bewusst gewesen?

»Eine Frage habe ich aber noch.«

Fredenham richtete sich auf. »Ja, Graf?«

»Die Razzien der karsanischen Truppen, bei denen auch du und deine Leute in Gefangenschaft geraten seid... sind die ernstzunehmen? Stellen die eine Bedrohung dar für die Riinja-Schulen?«

Die Antwort kam schnell. »Sie haben die Schule niedergebrannt, in der wir unterrichtet wurden. Jeden geschlachtet, auch Frauen und Kinder.«

»Das klingt sehr brutal.«

»Das war es. In jeder Hinsicht. Die Riinja sind gnadenlose Kämpfer, es müssen Hunderte der karsanischen Soldaten dabei ums Leben gekommen sein.«

»Und du hast nicht einmal einen Kratzer abbekommen?«

Wortlos rollte Fredenham ein Bein seiner Hose nach oben. Eine hässliche, rot gezackte Narbe zog sich über die gesamte Innenseite des Oberschenkels. »Aber Ihr habt dennoch Recht, Graf. Wir sind nicht von normalen karsanischen Soldaten verhaftet worden, sondern von Dandereden. Jeder Widerstand schmolz wie nichts.«

»Die sind wirklich so gut, hm?«

»Erschreckend.«

Fritjof nickte. »Ich sehe, ich werde viel lernen. Und seine Majestät wird interessiert an diesen Ergebnissen sein.«

Fredenham verbeugte sich.

Fritjof klopfte nach dem Wärter.

**

Wider Erwarten machte Ratskanzler Mei-Djian keinerlei Schwierigkeiten.

»Werter Graf«, erklärte er. »Wenn ich alle Zeichen richtig deute, handelt es sich hier nicht um eine Übertretung der Grenze durch offizielle Vertreter des Kaiserreiches Dnipr-Daphne. Sondern um eine Unbotmäßigkeit eines lokalen Grafen, eines Lehnsmannes des Grafenkaisers.«

Fritjof neigte den Kopf, zustimmend zwar, aber sorgsam darauf bedacht, keine Position zu beziehen.

»Wenn wir darüber Einigkeit haben, bitte ich Euch, eine Protestnote meinerseits zu überbringen. Ich werde sie schriftlich formulieren. Rat und Kanzler des Reiches der Elf Großen Stadtstaaten erwarten eine offizielle Antwort seiner Hoheit, des Grafenkaisers.«

Wieder neigte Fritjof den Kopf.

Mei-Djian lächelte und legte eine Hand auf die Schulter des jungen Gesandten. »Ihr wäret mir sehr willkommen, werter Graf, falls Ihr es sein solltet, der die Antwort überbringt. Ich habe Euch zu schätzen gelernt in den Tagen, die wir durch unser Land gereist sind.«

»Ich...«, Fritjof fiel darauf keine korrekte Antwort ein. »Ich danke Euch sehr, Kanzler Mei-Djian. Eine große Ehre.«

Des Kanzlers Lächeln wurde etwas tiefer. »Völlig ernst gemeint, Graf. Keine diplomatischen Hintergedanken.«

»Ich hätte auch keine erwartet, Euer Eminenz«, schmunzelte Fritjof.

Die Hand auf seiner Schulter gab ihm einen freundschaftlichen Klapps. »Sagt mir einfach, wann Ihr die Stadt verlassen wollt. Ich denke, mit euren zwölf Begleitern braucht Ihr keine Eskorte, oder?«

Das ging zu leicht. War es wieder eine der kleinen Fallen des alten Mannes?

»Nein, ich denke, wir werden alleine zurechtkommen«, antwortete er dennoch. »Das Reich der Elf ist ja sicher, wie ich auf der Reise erfahren durfte. Und auch die Bedrohung durch die Riinja-Schulen scheint erfolgreich eingedämmt zu werden.«

»Ah ja«, sagte Mei-Djian. »Hauptmann Fredenham hat Euch also davon berichtet.«

»Er ist kein Hauptmann, Euer Eminenz.«

»Nicht mehr, wie ich vernehme.«

»Nicht mehr, sehr richtig.«

Sie schwiegen eine kleine Weile, dann klopfte der alte dem jungen Mann noch einmal auf die Schulter. »Lasst uns etwas essen gehen. Schon bald werdet Ihr auf unsere ausgezeichnete Küche verzichten müssen, Graf.«

**

Der Fürstenpalast von Karsania lag mitten in der Stadt – und doch erschien er Fritjof wie ein uneinnehmbarer Hort der Sicherheit. Es war erstaunlich, wie unterschiedlich die Elf Städte ihre Sicherheitsvorkehrungen gestalteten, von kaum vorhanden bis monumental. Karsanias Palast gehörte zur letzteren Kategorie.

Fritjofs noble Suite mit immerhin drei Zimmern lag am Ende eines langen Flures mit Gästeunterkünften. Auf dem Flur patrouillierten Wächter in unregelmäßigen Abständen, die Fenster nach draußen lagen in unerreichbarer Höhe über den Straßen der Stadt. Der wunderschöne, in Marmor gestaltete Kamin war vergittert.

Niemand, absolut niemand konnte in dieses Zimmer gelangen. Und doch wartete Besuch, als Fritjof in den Raum trat.

Der Mann saß völlig entspannt am Fenster. Er trug schwarze Kleidung, die nur seinen Kopf freiließ. Eine Kapuze hing über der Armlehne des Sessels.

Fritjof zuckte zurück und wollte nach seinem Schwert greifen, aber der Mann war katzenhaft schnell. Mit einer blitzartigen Bewegung schnellte er durch den Raum, einen Teil der Strecke rollend, und stieß Fritjof um. Dieser wusste gar nicht, wie ihm geschah. Der Stoß kam schnell, unangekündigt und aus einer anderen Richtung, als er der Bewegung des Eindringlings nach vermutet hätte.

Ein Attentäter, schoss es ihm durch den Kopf. Und dann: *Ein Riinja!*

Schlangenhaft schwang sich der Angreifer jetzt über Fritjof und nagelte ihn am Boden fest, beide Arme in einem festen Hebelgriff, den Kopf in den weichen Teppich gedrückt, so dass Fritjof kaum Luft bekam.

Wie konnte er mich so überrumpeln?

»Bleibt ganz ruhig, Graf Fritjof«, sagte der Mann. »Mein Name ist Mur-Chet Nashigeri. Ich möchte Euch um einen Gefallen bitten.«

»Einen Gefallen?« ächzte Fritjof fassungslos, den Kopf noch immer im Teppich, während er Dreck in den Mund bekam. Er merkte, dass er sabberte.

»Und einen Handel vorschlagen.«

»Einen Handel?« Fritjof wusste wirklich nicht, was er dazu sagen sollte.

»Ja, Graf. Ich werde Euch jetzt loslassen, und ich bitte Euch inständig, nicht den Kampf zu suchen oder gar die Wachen zu rufen.«

»Ist das eine Drohung?«

»Nein, Graf. Keine Drohung. Ich habe einen Handel vorzuschlagen, und ich bitte um einen Gefallen.«

»Sagtet Ihr schon.«

»Ich lasse Euch jetzt los.«

Mit einem Mal war der Druck von seinen Schultern verschwunden, und er konnte die Arme wieder bewegen. Was weh tat. Sie fühlten sich an wie ausgekugelt. Langsam setzte er sich auf, fühlte sich dämlich.

Der Eindringling – was hatte er gesagt, wie er hieß? Nashigeri? – saß jetzt auf dem Bett, die Beine untergeschlagen, und schaute interessiert zu, wie Fritjof sich zurechtsetzte.

»Was wollt Ihr?« Fritjof spuckte Teppichhaar aus.

»Ich suche einen Weg hinaus aus dem Reich der Elf«, antwortete der Mann. Er war klein, drahtig, soweit seine weite Kleidung es beurteilen ließ. Ein Gomerer, mit Mandelaugen und schwarzen Haaren, nicht ungewöhnlich.

»Ihr wirkt nicht wie jemand, den man aufhalten könnte«, stellte Fritjof fest. Er blieb auf dem Teppich sitzen, um keine weiteren Aktionen zu provozieren.

»Ich habe keine große Chance zu entkommen, wenn ich keine Hilfe bekomme. Und ich wüsste auch nicht, wo ich danach hingehen sollte.«

»Nun, Ihr könntet Euch als Auftragsmörder oder Kampflehrer verdingen.«

»Das habe ich vor.«

»Was?«

»Ich möchte Lehrer werden. Wenn Ihr mir das gestattet.«

»Was hat das mit mir zu....« Aber Fritjof wusste, was das mit ihm zu tun hatte. »Ihr wollt, dass ich Euch mitnehme nach Dnipr-Daphne? Und bietet mir Eure Dienste als Ausbilder an?«

Nashigeri zuckte die Achseln. »Man sagte mir, dass Ihr sehr interessiert wärt an den Riinja-Künsten. Wie viele Dnipr-Daphner dieser Tage.«

Eine Signalfackel entzündete sich in Fritjofs Hinterkopf. *Das ist naheliegend,* dachte er. *Wieso hat Graf Roderik sich die Ausbilder nicht in den Mariangau kommen lassen? Was machen seine Soldaten hier?*

»Was wollt Ihr als Bezahlung für solche Dienste?« fragte er.

Nashigeri schüttelte den Kopf. »Ihr ebnet mir den Weg in die Freiheit«, sagte er. »Dafür biete ich Euch meine Dienste umsonst. Sagen wir – zwei Jahre?«

»Zwei Jahre!«

»Das ist eine knapp bemessene Zeit, um zu lernen, was ich Euch zeigen kann. Ich trainiere seit meinem fünften Lebensjahr, und ich weiß sehr viel. Ich verspreche Euch, dass das Training nicht angenehm sein wird, sondern anstrengend.«

Das kann heiter werden, dachte Fritjof, und merkte im gleichen Moment, dass er sich im Grunde schon entschieden hatte. Ein wildes Gefühl von Freiheit stieg in ihm auf. Er konnte das tun! Er *wollte* das tun!

»In Ordnung«, sagte er. »Wie habt Ihr Euch das vorgestellt, als Teil meiner Reisegruppe?«

»Pferdeknecht. Ich kann mich im Reitstall zu Euch schmuggeln.«

»Pferdeknecht. So sei es denn. Ich reise übermorgen ab.«

»Ich werde da sein.« Nashigeri erhob sich.

Das weckte Fritjofs Neugier. »Wie kommt Ihr hier heraus?«

Ein leises Lachen war die Antwort. »Das ist viel einfacher, als man denkt. Die meisten Menschen schauen nicht nach oben.«

»Nach oben?«

»Nach oben. Die Räume und Flure sind hoch hier im Schloss. Es ist unglaublich, dass sie auch noch mit allen möglichen Teppichen und Vorhängen abgehängt sind.« Nashigeri nahm seine Kapuze von der Sessellehne. »Natürlich sieht das schön aus«, räumte er ein.

»Ihr lauft an der Decke entlang?«

Der Riinja seufzte. »Wenn es nur so einfach wäre. Tatsächlich ist es ziemlich mühsam, und ich freue mich gar nicht darauf.«

Fritjof nickte.

Dann deutete er auf den Nebenraum. »Nehmt Euch Kleidung aus dem Schrank dort. Ich bin sicher, Ihr findet etwas passendes. Dann könnt Ihr ganz normal hinausmarschieren.«

»Was?«

»Naja, ich gebe Euch ein Schreiben mit. An den Pferdehändler. Ihr seid doch ein Pferdebursche, oder? So ein Schreiben dürfte als Ausweis genügen, falls Euch jemand anhält. Falls. Die meisten der Wachen scheinen mir darauf zu achten, dass niemand hereinkommt.«

Nashigeri sah ihn einen Augenblick schweigend an, dann begann er zu lachen.

»Ich glaube, wir werden viel Spaß haben miteinander.«

**

Der Abschied von Graf Fritjof von Marian und seinen zwölf berittenen Soldaten war kurz und herzlich. Mei-Djian hatte den Mann wirklich in sein Herz geschlossen. Er mochte junge Menschen mit Potenzial und Rückgrat, und von beidem besaß der Graf genug.

Neben einer gehörigen Portion Naivität. Augenscheinlich war seine Familie in die eine oder andere Intrige im Grafenkaiserreich verstrickt, die Fritjof noch ganz und gar nicht durchschaute. Aber das konnte noch kommen.

Jetzt hatte er jedenfalls einen kompetenten Lehrer an seiner Seite. Mur-Chet Nashigeri gehörte einer bekannten Krieger-familie aus Dan-Dered an. Das schwarze Schaf, der sich in einer Riinja-Schule hochgearbeitet hatte, bevor diese im Zuge der Razzien geschleift worden war.

Nashigeri war ein guter Mann. Jetzt, auf dem richtigen Pfad zurück, konnten seine Riinja-Kenntnisse ihm helfen, seiner Heimat zu dienen und sich neue Sporen zu verdienen, mit denen er vielleicht sogar zurückkehren konnte in den Schoß seiner Familie.

Für Mei-Djian – oder seinen Nachfolger – war Nashigeri ein Maulwurf, eine wertvolle Quelle direkt an den Höfen des Grafenkaisers.

Für Fritjof würde er ein Mentor und Berater sein, der dabei half, den jungen Grafen am Kaiserhof besser zu positionieren.

Zufrieden blickt der alte Ratskanzler von den Mauern des Fürstenpalastes hinunter in das Tal des Karsan. Fast glaubte er, die kleine Gruppe Reisender sehen zu können, die sich auf dem

Weg nach Dnipr-Daphne befand.

Es waren gute Wochen gewesen, in denen er viel erreicht hatte. Dieser kleine Schachzug war sein Meisterstück.

Mei-Djian freute sich auf Zuhause.

Gerechtigkeit oder Gnade

Harald Jorasch

Die Toten sind tot. Dies ist eine Tatsache des Lebens. Sie werden beerdigt mit großen Ritualen und Strömen von Tränen. Freunde und Nachbarn sympathisieren mit den Familien, bringen Essen, Trinken und Trost. Aber nichts davon ändert die Tatsache, dass die Toten tot sind.

Außer jenseits von Slieve Mish, den Gespensterbergen des Karkekgebirges, dem westlichen Teil das Drachenrückens.

Galen seufzte als Antwort auf das Klopfen an der Tür.

Dort tauchten in letzter Zeit immer wieder Schilderungen von Erlebnissen auf, wie sie in anderen Kulturen nur durch Religion und Magie erklärt werden. Vielleicht litt das Land noch immer unter Einflüssen aus der Zeit des Krieges der Magier. Jeder vernünftige Einwohner des Reiches Crann Tarith wusste, dass Magie nur dazu geschaffen war, um intelligentes Leben abhängig zu machen und unwiderruflich in Schuld zu verstricken. Die Anwendung von Magie widersprach nicht nur allen Traditionen von Crann Tarith, sie bedrohte sogar in hohem Maße das Fundament des Reiches und korrumpierte gleichzeitig jene Tugenden, die Menschlichkeit erst ausmachen.

Was auch immer der Grund war, die Toten verließen dort ihre versprochene ewige Ruhe und irrten durch die einsamen Hügel und den weitläufigen Urwald, suchten... – ja, suchten nach was?

Es war Galens Aufgabe als Heiler, herauszufinden, was die Toten suchten, und sie dann zur Ruhe zu betten – endgültig. Zumindest war dies, was die Menschen als seine Aufgabe sahen. So wie die vier Männer, die nun vor ihm standen, alle vier aus dem Dorf Nebel.

Galen seufzte und warf einen Blick auf den halbfertigen Stoff auf seinem Webstuhl. Er hatte vor vier Monaten mit dem Weben begonnen, kurz vor Beginn des Sommers. Sobald er ein paar Zentimeter hinzugefügt hatte, erschien eine neue Gruppe von Bittstellern vor seiner Tür. Dieses Mal war er schon einen ganzen Tag zu Hause, als die Männer aus Nebel an seine Tür klopften.

»Ihr müsst uns von dem Untoten befreien,« erregte sich Alwis, der Anführer der Gruppe, ein stämmiger Mann mit nußbraunem Haar, der nach Rauch und Eisen roch. »Er tötet unsere Kinder!«

»Tötet Kinder!« wiederholte Galen erstaunt.

Alwis nickte.

»Einfach nur Kinder?« fragte Galen verwirrt.

Alwis nickte wieder. »Das kalte Fieber hat schon drei dahingerafft.«

»Oh, er tötet sie nicht eigenhändig.«

»Es ist das gleiche, als wenn er es täte! Ihr müsst ihn aufhalten!«

Galen kämmte sich eine Strähne seines blonden Haares mit den Fingern aus dem Gesicht. Als Heiler war er gefordert, jedem zu helfen, der darum bat. »Ich werde kommen.«

»Wenn wir jetzt aufbrechen, erreichen wir unser Dorf morgen Mittag«, sagte Alwis. Seine dunklen Brauen bildeten einen Doppelbogen über seiner scharfen Nase.

Seufzend ging Galen zu den Regalen an der Hinterwand des Raumes. Hölzerne Schachteln, Keramikflaschen und Tontöpfe standen dort sauber aufgereiht, mit farbigen Bändern versehen, die den Inhalt der Behältnisse verkündeten. Ein Trunk gegen Fieber, ein Mittel gegen Parasiten und etwas für`s Glück. Er

legte mehrere Behälter in seine Reisetasche, zusammen mit
etwas Nahrung und einer Flöte aus Schilf.

»Wir werden keine Zeit für Musik haben«, grummelte Alwis.

»Dann tut ihr mir leid«, sagte Galen, als er den Riemen seiner
Tasche über die Schulter schob.

**

Sie hatten Ssakhir noch am selben Tag verlassen. Der große
Weg, der nach Norden zum großen Fluss Avon Dia und von
dort über die Dörfer Bosch und Bühl zum Dorf Nebel führte,
auf der anderen Seite des Flusses in der Ebene Mag da Cheo,
war verlassen – bis auf einen Mann, der sich schwer auf seinen
Stab stützte.

Die zerschlissene Schlinge um seinen linken Arm verbarg nur
knapp die Tätowierung der Söldner auf seiner Hand. Galen
hielt an, um nach der Verletzung zu sehen, aber Alwis zog ihn
weiter. »Vergeßt ihn! Wir fanden Euch vor ihm!«

Galen, seinen Arm mit einer Kraft befreiend, die Alwis
erschrecken ließ, starrte ihn an. »Jeder, der meine Hilfe braucht,
erhält sie. Er ist verletzt.«

»Aber der Untote! Unsere Kinder sterben!«

»Die Zeit, die ich diesem Mann widme, wird keinen
Unterschied machen«, sagte Galen ruhig, aber seine Stimme
war hart wie Stein.

Alwis setzte an, etwas zu erwidern, aber schloss dann seinen
Mund zu einem schmalen Strich.

Galen reinigte die Wunde des Söldners, verband sie neu, gab
ihm schließlich einen Sud der Silberradpflanze, damit er die
Wunde selber reinigen konnte. Der Söldner dankte ihm, gab
ihm eine Münze und schlurfte weiter südwärts.

**

Galens Begleiter sagten wenig auf dem Rest des Weges, außer
Neres, dem Jüngsten. Er schritt neben ihm mit einem leich-

teren, unbekümmerteren Schritt als die anderen. Seine Augen waren vom Grau der Wolken am Herbsthimmel. Aber sein Blick war frisch und klar wie lebenspendender Regen.

»Erzähl mir von dem Untoten«, fragte Galen. »Er kam...«

Alwis ließ Neres nicht zu Wort kommen. »Ich werde ihm alles sagen, was er wissen muss.«

Neres senkte seinen Blick sofort, trat Alwis aus dem Weg, der Galen mit eisernem Blick maß.

Galen lächelte beschwichtigend. »Nun, dann erzählt Ihr mir von dem Untoten.«

Alwis blieb regungslos und starrte geradeaus auf den Weg, während sie weitergingen. »Was wollt Ihr wissen?«

»Wann tauchte er auf?«

Alwis atmete langsam aus. »Vor zehn Tagen. Ein Junge namens Andrees kam aus dem Wald gelaufen und sagte, ein Mann habe sich angeschlichen und ihn geschlagen. Alle Männer des Dorfes griffen sofort ihre Waffen und gingen auf die Suche.«

Obwohl die Luft von der Herbstsonne noch warm war, zitterte Alwis. »Wir fanden ihn – es – einen Untoten. Die Haut aufgeplatzt von der Pest, Augen wie die Feuer der Unterwelt. Wir drohten ihm, aber wir wußten, wir konnten es nicht verletzen. Es sagte, es würde alle unsere Kinder töten.«

Neres schloss zu ihnen auf. »Unser Heiler starb vor einigen Wochen. Wir hörten von Eurer Macht über Untote. Deswegen kamen wir zu Euch.«

Für einen Moment sah Alwis so aus, als wolle er Neres schlagen. Nur langsam floss der Ärger aus seinen Zügen und wurde von Schmerz ersetzt.

»Ja, deswegen kamen wir zu Euch. Ihr müßt den Untoten in die Unterwelt verbannen - bevor er... es... noch jemanden tötet.«

Galen schauderte. Alwis Zorn war wie eine Böe aus Eis.

»Warum greift er nur die Kinder an?« fragte er.

»Woher soll ich das wissen?« schnauzte Alwis. »Es ist ein Untoter! Wer weiß, warum er tut, was er tut? So einer hasst die

Lebenden, alles Leben!« Seine Stimme wurde weicher, eine Träne schimmerte in seinem Auge. »Jedes Leben.« Er starrte für einige Momente auf den Weg, schaute dann scharf zu Galen. »Welchen Unterschied macht es? Es ist ein Untoter! Ihr seid ein Heiler! Von Euch erwarten wir, es zu vernichten!«

»Ja«, sagte Galen leise. »Aber ich muß wissen, warum es euch plagt, bevor ich seiner Seele Ruhe geben kann.«

Alwis grummelte etwas, was Galen nicht verstehen konnte, und nahm dann seinen Schritt wieder auf. Selbst Neres hatte nun Schwierigkeiten, mitzuhalten.

**

Niemand sprach an diesem Abend, bis auf die Dankesformel, die Galen zum Mahl sprach. Die Männer antworteten mit dem korrekten Worten, aber ohne jede Ernsthaftigkeit. Galen beobachtete sie, zurückgezogen, ihre Blicke den seinen ausweichend. Sie versteckten etwas hinter unsichtbaren Mauern aus Angst und Misstrauen... oder war es etwas anderes? Er wußte es nicht.

Was er wußte, war, daß Schmerz Alwis Schild war, ein Schmerz so scharf, dass er tiefe Wunden in seiner Seele hinterlassen hatte.

Nachdem sie am Morgen den großen Weg verlassen hatten, erreichten sie am Mittag das Dorf Nebel – ein Dutzend Steinhütten, wie dahingewürfelt zwischen sumpfigen Wiesen und einem großen Torfmoor. Die Einwohner strömten zusammen, um sie zu begrüßen.

Galen spürte Furcht in der Luft, Hände hielten Kinder fest umschlungen, Augen, rot vom fehlenden Schlaf, wanderten hin und her. Aber auch Hoffnung flackerte in den Gesichtern, als sie Galen anschauten.

»Alwis!« rief eine Frau mittleren Alters, die aus einem Gebäude gerannt kam. Ihre aschgrauen Augen waren wild, ihr kastanienfarbenes Haar zerzaust. Sie pflügte durch die Menge und stolperte schluchzend in Alwis Arme. »Sie ist tot! Eve ist tot!«

Wut erwachte in Alwis dunklen Augen und schnitt tiefe Linien in seine Stirn.

»Eve?« flüsterte er. »Nein, nicht sie auch noch.« Er grub sein Gesicht in das dichte Haar der Frau, schluchzend – und weinte.

Alle warteten betreten. Es dauerte einige Zeit, bis er sich genug gefasst hatte, um wieder zu sprechen. »Was ist mit den Jungen?«

»Sie leben. Noch!«

Galen berührte sanft die Schulter der Frau. »Zeigt mir, wo sie sind. Ich kann sie retten... hoffe ich.«

Die Frau lief vor zu ihrem Haus, einem sauberen Steingebäude mit einer Schmiede an der Seite und wischte sich dabei die Tränen mit dem Ärmel ab.

Drinnen, um ein loderndes Feuer, standen vier Betten. In dreien lagen junge Burschen, bleich wie das Mondlicht. Eine Decke verbarg den kleinen Körper im vierten.

Galen berührte die Wange des kleinsten Jungen, schweißnass, aber kalt wie Frost, der Atem so flach, dass er ihn kaum feststellen konnte, der Körper steif und leichenblass. Genau wie er es befürchtet hatte. Kaltes Fieber im letzten Stadium. Selbst mit den Tränken, die er mitgebracht hatte, konnte er nicht sicher sein, dass sie leben würden.

»Bringt Wannen, Tröge, alles, was groß genug ist für die Kinder. Ihr müsst sie in heißem Wasser baden, so heiß, wie sie es gerade noch vertragen, um die Kälte zu stoppen. Ich werde einen Trank erstellen, der helfen wird. Zwingt sie, ihn zu trinken. Dies sollte sie am Leben halten, bis der Untote gebannt ist.«

**

Zehn weitere Kinder waren ebenfalls krank, aber keines so schlimm wie die von Alwis, der sich beharrlich weigerte, Eves toten Körper zu verlassen. Er saß in einem Stuhl neben dem Feuer, wiegte seine kleine Tochter in den Armen, sang leise ein

Wiegenlied, starrte in die Flammen, abwesend, beantwortete keine der Bitten seiner Frau, ihr mit den Söhnen zu helfen.

»Eve war unsere einzige Tochter«, sagte sie später, als sie auf einen Stuhl neben Galen sank, der den Trank für die Kinder anrührte. »Alwis betete sie an.« Zu ihrem Mann schauend, blinzelte sie ihre Tränen weg.

»Wir hätten besser aufpassen sollen. Der Untote fand unsere Kinder am Waldrand. Lör, unser Ältester, versuchte seine Schwester und die anderen zu beschützen. Lör und ein anderer Bursche starben gleich nach Andrees. Das war, als Alwis ging, um Euch zu suchen. Zu spät... zu spät für Eve.« Sie vergrub ihr Gesicht in ihren Händen und weinte.

Galen fühlte sich schlecht bei der Erinnerung daran, wie energisch Alwis ihn aufhalten wollte, als er dem Söldner geholfen hatte. Hatte diese Verzögerung Eves Tod verursacht? Nein, sicherlich nicht. Es hatte nicht lang gedauert, die Wunde zu säubern und neu zu verbinden. Es konnte keinen Unterschied ausgemacht haben. Dennoch, der Zweifel nagte an seinem Gewissen.

Als der Trank fertig war, schickte er nach den Müttern, und gab jeder einen Teil davon für jedes kranke Kind. »Dies sollte fürs Erste reichen. Ich muss mit dem ganzen Dorf sprechen, bevor ich den Untoten treffe. Aber zuerst brauche ich etwas Schlaf.«

»Bitte, schlaft in meinem Haus«, sagte Neres. Galen hatte nicht bemerkt, daß er hereingekommen war. Als Galen zögerte, fügte er hinzu: »Ich lebe allein, Ihr werdet also ungestört sein.«

Galen lächelte. »Ich schaue nach den Kindern, dann komme ich.«

Er kontrollierte bei allen Kindern, ob der Trank richtig gegeben worden war. Als er auf Neres` Haus zuging, fühlte er sich mit einem Mal schwach und müde, fragte sich, ob er stark genug sein würde für die Begegnung mit dem Untoten.

Sein Gastgeber hatte das Bett ans Feuer gerückt und ein schweres Fell auf die Decken gelegt. »Ich werde an der Tür wachen, während Ihr schlaft.«

Galen lächelte. »Danke. Bitte weckt mich früh vor Sonnenuntergang.«

Er nickte und ging. Galen kuschelte sich unter die Decken und schlief bald ein.

**

Als Neres ihn weckte, grummelte Galen verschlafen, wollte nicht die Wärme des Bettes verlassen.

»Jetzt schon?« fragte er gähnend.

»Ja. Die Männer warten draußen, wie Ihr es sagtet.«

Galen gähnte erneut und streckte sich, als er die Decken zurückschlug und aufstand. Ihn beschlich das Gefühl, dieser Untote würde es ihm schwerer machen als gewöhnlich. Irgendetwas stimmte mit der ganzen Geschichte nicht.

Er wusch sich, zog sich an, nahm seine Tasche.

Draußen warteten die Männer des Dorfes. Alle außer Alwis. Galen hörte seine Stimme noch immer sanft zu seinem toten Kind singen. Auch Alwis bedurfte der Heilung. Aber das musste erstmal warten.

»Bleibt heute Nacht alle in euren Häusern!« sagte Galen und wiederholte energisch: »Alle! Verbarrikadiert die Türen und Fenster. Kommt nicht vor Sonnenaufgang heraus.«

»Ich begleite Euch!« sagte Neres.

Galen sah nicht einmal zurück.

»Nein, ich muss allein sein und darf nicht abgelenkt werden. Ich weiß mich zu schützen. Bleibt im Haus!«

Zuerst herrschte eine kurze Stille, dann erklangen eilige Schritte und das Schließen von Türen.

**

Nach Westen, über weite Hügel wandernd, suchte Galen einen geeigneten Platz für die kommende Konfrontation. Die hinter den fernen Bergen versinkende Sonne färbte alles in blutiges Rot und rostiges Orange. Schatten wuchsen über die Wiesen, als er nach Blumen suchte und winzige, aber stark duftende Blüten fand. Aus seiner Tasche nahm er ein Quadrat aus feinem Tuch und breitete es über den Boden. Das Zeichen des Rates von Turusachan glitzerte darauf, ein goldener Ast mit roten Flammen auf schwarzem Grund, daneben das Zeichen der Heiler, eine offene Hand.

Er legte die Blumen und eine kleine Schale mit Honig auf das Tuch, setzte sich mit gekreuzten Beinen auf den Boden, erschauderte, als ihm kalte Nässe durch die Kleider in die Glieder strömte, nahm die Flöte aus der Tasche.

Gewohnt schnell und mühelos fand er tiefe innere Ruhe in einer Meditation, genau als der letzte Strahl der Sonne hinter den Bergen verschwand.

Der Mond stand voll und weiß wie frische Milch über den Bäumen, als Galen begann, auf der Flöte zu spielen: Eine Melodie, angefüllt mit dem sommerlichen Himmel, fröhlich glucksenden Flüssen, warmen Sommertagen und angenehmen Nächten, der Liebe einer Frau, dem Lachen von Kindern. Sie schwebte mit dem Nachtwind, wurde mächtiger, während er weiterspielte.

Plötzlich fühlte er eisige Kälte, so kalt, dass kein Feuer sie vertreiben konnte. Der Geruch des Grabes ließ seinen Magen revoltieren. Galens Hände zitterten, aber er spielte weiter. Der Untote war nahe.

Schon bald stand eine schattenhafte Form in verrotteten Kleidern vor ihm. Selbst im Mondlicht konnte Galen die dunklen Flecken auf der Haut erkennen, die Zeichen der Pest. Der Untote starb noch, die Veränderung durch Verwesung zeichnete ihn, aber noch war er nicht tot. Er starrte den Heiler an, aus Augen glühend wie Kohlen, brennend vor Hass.

»Werr sseid Ihrr?« fragte er, seine Stimme wie brennendes Laub.

»Galen von Schwelggenstein, ein Heiler.« Galen hielt die

Flöte zwischen seinen Händen und verneigte sich. »Und wer seid Ihr gewesen?«

»Ge ... wesssen?« Sein Lachen war so kalt wie Eis, so scharf wie Stahl. »Niemand.«

»Aber Ihr hattet einen Namen?«

»Ja«, antwortete er langsam. »Jonas. Mein Name war Jonas.«

Galen verneigte sich erneut. »Einer, der Jonas gewesen ist. Ich biete Euch Geschenke. Riecht den Duft der Blumen und erinnert Euch der Frühlingswiesen. Schmeckt die Süße des Honigs und erinnert Euch der Zufriedenheit guten Essens. Hört die Musik meiner Flöte und erinnert Euch der Lieder der Vögel und des Lachens der Kinder. All dies sind die Freuden des Lebens.«

Der Untote schaute auf die Blumen, kniete nieder und berührte sie. Eine Träne quoll aus seinen Augen und fiel auf eine der Blüten. Sofort überzog sie sich mit Reif. Erschrocken zog er seine Hand zurück, stand schnell auf und starrte Galen wütend an. »Die Frreuden dess Lebenss haben keine Bedeutung fürr mich«, zischte er. »Nurr Leid und Rrache.«

»Rache? Ihr sucht Rache an Kindern?«

»NEIN!« Seine Antwort stürmte mit der Gewalt eines Unwetters gegen Galens innere Ruhe. »Nicht gegen Kinderr. Gegen ihre Elterrn.«

»Warum? Was haben sie Euch angetan?«

»Ssie wissssen ess.« Das hasserfüllte Glühen seiner Augen brannte noch heller. »Ssie wissssen ess ssehrr wohl. Gerrechtigkeit fürr ihrr Verrbrrechen!«

Einer, der Rache sucht, dachte Galen, und schauderte. Die Macht des Hasses wütete gegen seinen inneren Frieden. *Das wird schwierig. Ein rachesuchender Untoter wird seinen Grund nicht leicht zu erkennen geben.* Galen schob gegen den Hass, langsam, vorsichtig, sprach dann wieder.

»Aber Ihr tötet Kinder. Vier sind schon gestorben, weitere werden folgen.«

Der Untote presste die Augen zusammen, drehte sich ab, ein

Schluchzen entfuhr seiner hohlen Brust. »Nein ... Ich ... Nein.«

Sein Hass wankte... und Galen drängte nach. »Heute ist ein kleines Mädchen gestorben, ein Mädchen, das Euch nie verletzt hat. Sie starb langsam, unter großen Schmerzen, kaltes Fieber stahl die Wärme ihres Lebens. Ihr habt sie getötet! Warum?«

Galen hoffte darauf, dass noch Mitleid im Geist des Untoten existierte.

Die Reaktion kam unerwartet.

»Ssie töteten meine Tochterr!« brüllte der Untote Galen an. »Tod fürr Tod!«

Die wilde Wut warf Galen zu Boden. Nach Luft ringend rollte er herum, stemmte sich auf einen Ellbogen. Sein Blick traf den des Untoten. »Die Leute aus dem Dorf... töteten... Deine Tochter?«

»Ja.«

»Wie?« fragte Galen. »Sag mir die Wahrheit, Jonas, und bei der Lehre von Pwyll schwöre ich Gerechtigkeit.«

Jonas zögerte, aber Wut und die Erinnerung an Schmerz wechselten sich auf seinem Gesicht ab.

»Haben die Einwohner von Nebel deine Tochter ermordet?« flüsterte der Heiler, die Gedanken des Untoten in die richtige Richtung lenkend.

»Ja. Nein. Aberr sie haben ssie getötet.« Seine Schultern sackten ein und er schloß die Augen. »Wirr flohen auss unsserrem Dorrf vorr derr Pesst, aberr ich wussste nicht... wirr warren sschon krrank. Wirr wollten zu einem Heilerr, als ich das Dorrf fand. Meine Tochterr warr ohnmächtig. Ich rrief. Ssie ssagten, wirr ssolten weggehen. Ich bat sie, bettelte sie an, aberr sie warrfen Steine nach unss und trrieben unss in den Wald. Sie starrb kurrze Zeit späterr. Ich grrub ihrr Grrab mit meinen Fingerrn. Nicht lange danach starrb ich auch, aberr nicht ohne vorrherr meinen Pakt mit derr Finsterrniss zu sschliesssen.«

Galen schloss seine Augen. Nur eine Siedlung in Crann Tarith hatte sich jemals so verhalten wie die Bewohner von

Nebel. Unfruchtbarer, morastiger Sumpf war alles, was von dem ehemaligen Flusstal nach dieser verfluchten Tat geblieben ist. »Mögen sie Vergebung finden!«

»Nein!« Jonas stampfte wütend auf den Boden. »Ssie verrdienen keine Verrgebung! Alss ich sstarrb, sschwor ich, ssie zahlen fürr den Tod meiner Tochter, dasss keiness ihrrerr Kinderr leben würrde.«

Grauen erfasste Galens Herz. Warum mussten immer die Kinder für die Fehler ihrer Eltern zahlen? Und welcher Fehler wäre wohl schlimmer als fehlendes Mitgefühl? Er schluckte hart, bevor er wieder sprach.

»Ihr wisst, wie es ist, hilflos zuzusehen, wenn Kinder sterben. Du weißt, wie Dein Kind leiden musste. Willst Du anderen Kinder das gleiche Schicksal zumuten? Sie das Brennen des Fiebers spüren zu lassen? Zu schwach zum atmen, zu müde zum leben?«

Ein Bild der kranken Kinder des Dorfes Nebel zu zeichnen, dem Untoten ihre Schmerzen zu zeigen, ihn ihre Leiden spüren zu lassen – Galen wusste, dass dies eine Tür öffnen konnte. Seine Stimme wurde sanft, wie die einer Mutter, die ihr Kind beruhigt. »Wird der Diebstahl ihrer Leben deiner Tochter ihres zurückgeben?«

»Nein«, sagte der Untote. Das Haar fiel ihm über sein Gesicht, als er den Kopf hängen ließ. »Aberr welche Gerrechtigkeit gibt ess fürr ihrren Tod?«

Galen dachte darüber nach.

»Ich weiß es nicht. Aber ich werde es wissen. Ich schwöre es Euch bei der Lehre von Pwyll. Lasst Eure Rache für dieses Mal ruhen. Morgen bei Sonnenuntergang kommt an den Dorfrand. Der Gerechtigkeit wird Genüge getan werden.«

Der Untote schaute Galen in die Augen, die Stirn voller Zweifel gefurcht.

»Ich werde einen weiterren Tag warrten.«

Galen nickte. »Das ist alles, was ich will.«

Während er sich herumdrehte, sprach der Untote noch

einmal über die Schulter. »Nurr einen Tag - und ich sschwörre, wenn Euerr Urrteil nicht gerrecht ist, Ihrr werrdet derr errsste ssein, derr mirr in die nächste Welt vorrangeht.«

Damit verschwand er im Schatten des Waldes, und mit ihm seine eisige Kälte. Das feurige Glühen seiner Augen verfolgte Galen noch Stunden später.

**

Auf halber Strecke zurück zum Dorf traf Galen auf Neres.

»Ich konnte nicht im Dorf bleiben während Ihr hier draußen allein seid. Ich habe von hier beobachtet, damit Euch nichts geschieht«, gab er zu. »Geht es Euch gut? Lasst mich Euch helfen!«

Obwohl Galen erschöpft und kaum fähig war, auf den Beinen zu bleiben, lehnte er die helfende Hand ab. »Nein!«

»Ist er... weg? Für immer?«

»Nein.« Galens Stimme war schärfer, als er wollte. »Warum habt ihr mir nicht die Wahrheit gesagt?«

Neres zuckte zusammen, starrte nur auf seine Füße. Als er wieder aufsah und Galens Blick schließlich begegnete, war sein Gesicht bleich. »Ich wollte es. Ich habe es versucht, aber Alwis sagte, Ihr würdet nicht helfen, wenn Ihr wüsstet... ich... konnte die Kinder nicht sterben lassen.«

Auf dem weiteren Weg beichtete Neres die Wahrheit. Der Heiler des Dorfes war kurz zuvor gestorben, als Jonas ins Dorf torkelte, den ganzen Körper voller Pestbeulen. »Es gab nichts, was wir tun konnten. Ich wollte ihm Wasser und Brot bringen, aber Alwis verwehrte es, und die anderen stimmten ihm zu.« Neres machte eine lange Pause, seufzte und fügte hinzu: »Ich hätte es tun sollen.«

Galen verstand die Angst der Dörfler. Die Pest breitete sich schnell aus und war immer tödlich, wenn sie nicht behandelt wurde. Aber nichts zu tun, die Kranken mit Steinen fortzutreiben...

Als sie im Dorf ankamen, ging gerade die Sonne auf. Sofort bestürmten die Leute den Heiler mit Fragen.

»Ist er fort?«

»Sind wir sicher?«

»Werden die Kinder leben?«

Galen fixierte jeden, den Mund zusammengepresst, die Augen eng.

Niemand konnte seinem Blick lange standhalten. »Wer kann, möge euch vergeben«, sagte er. »Ich weiß Bescheid.«

Die Dörfler schraken zurück, Scham verfärbte ihre Gesichter.

»Aber sie hatten die Pest...«

»Wir hatten keinen Heiler...«

»Wir wären gestorben...«

»Es gab nichts, was wir tun konnten...«

Galen hob seinen Stab über den Kopf und stieß ihn in die Erde nieder, so daß er wie ein Schwert stecken blieb. »Ihr hättet eine Hütte für sie vor dem Dorf bauen können! Ihr hättet ihnen Nahrung und Wasser und Feuerholz geben und nach einem Heiler suchen können! Ihr hättet mitfühlen können! Schaut, was Angst und fehlendes Mitgefühl euch gekostet haben!«

Köpfe wandten sich ab, Hände vertuschten Schluchzen, Augen fixierten das Gras, den Himmel, den Wald – alles, nur nicht Galen.

Neres schließlich neigte den Kopf. »Heiler, ich weiß, es war falsch, und ich habe sie nicht aufgehalten. Ich tat nichts. Welche Strafe verdiene ich? Was wird dem Untoten – und uns – Frieden geben?«

Galen schüttelte den Kopf. »Ich weiß es nicht. Ich werde ruhen und in der Meditation nach einer Antwort suchen. Der Untote kommt bei Sonnenuntergang zum Dorf. Dann gebe ich euch mein Urteil.«

Die Kraft, die ihm sein Ärger gegeben hatte, schwand. Er ging zu Neres` Haus, stolperte und fühlte dessen Arme ihm

Halt geben.

»Bitte, lasst mich helfen.« Zu müde zum streiten, ließ Galen ihn gewähren. Im Haus begab er sich gleich zu Bett, während Neres ein neues Feuer baute.

Er meditierte, lauschte nach innen, wartete auf eine Antwort, doch es blieb still. Alles, was er hörte, war Neres, der Holz für das Feuer nachlegte und der Nachhall seiner Worte. »Laßt mich Euch helfen.« Worte, die sichtbar wurden. Buchstaben geschrieben aus Licht und Blut, die sich in offene Hände verwandelten. Galen lächelte, als er in friedlichen Schlummer glitt. Er hatte seine Antwort.

**

Bei Sonnenuntergang stand Neres neben Galen. Hinter ihnen warteten die versammelten Einwohner des Dorfes Nebel. Ihnen war unbehaglich, sie schützten ihre Augen gegen den blutroten Schein der untergehenden Sonne. Aus dem Wald kam ein Schatten, Dunkelheit ohne jede Wärme. Eine Aura eisiger Kälte ging ihm voraus, als Jonas näherschritt. »Ess isst Zeit, Heilerr, zeige mirr Gerrechtigkeit!«

Galen nickte und wandte sich zu den Dörflern. »Er bat um eure Hilfe; ihr habt sie verweigert. Er bat um Schutz; ihr habt ihn fortgejagt. Er bat um Mitleid; ihr zeigtet ihm Angst. Ihr verursachtet den Tod dieses Mannes und seines Kindes. Ihr habt sie ermordet, so sicher, als hättet ihr Schwerter in ihren Leib getrieben. Ihr Blut befleckt eure Felder und Hütten und das Angesicht der Heiler wendet sich ab von euch.«

Grauen zog über die Gesichter der Zuhörer. Der Fluch bedeutete keinen Segen bei der Geburt, kein Gebet für die Toten und keinen Heiler in der Zeit dazwischen. Erschüttert sank Neres auf die Knie und wandte sich an Galen. »Heiler, bitte, zeigt Gnade.«

»Gnade!« rief Jonas. »Welche Gnade zeigtet ihrr meiner Tochter oderr mirr?«

»Frieden!« sagte Galen, bannte Jonas mit strengem Blick. »Tod für Tod. Das war, was Ihr sagtet. Sie verursachten zwei Tode, Deine Tochter und Dich. Zähle die Toten hier, Jonas. Du verursachtest vier Tode, nahmst vier unschuldige Leben. Du wirst einmal dafür Rechenschaft ablegen!«

Jonas wand sich unter Galens Blick, antwortete aber nicht.

Galen blickte wieder zu Neres. »Gnade? Kannst Du den Toten Leben geben?«

»Ich würde es, wenn ich könnte«, sagte er. »Ich gäbe mein Leben für das ihre, wenn es möglich wäre.« Seine Augen weiteten sich. »Ist es?«

Galen schüttelte den Kopf. »Nur die Natur kann Leben geben. Aber Du kannst ihr geben, was sie als gerechte Gegenleistung erwartet.«

»Alles!«

»Sie will Dich!«

Neres dünne Brauen zogen sich zusammen. »Aber Ihr sagtet... aber sie können nicht ... ich verstehe nicht.«

»Laßt mich Euch helfen! sagtest Du zu mir. Das ist es, was Du tun musst, was ihr alle tun müsst.« Galen zeigte mit der Hand auf alle Dörfler. »Bietet eure Hilfe allen an, die sie brauchen. Das Dorf Nebel soll ein Platz sein für die Kranken, für die Heimatlosen, für die Hoffnungslosen. Niemand wird abgewiesen, niemals. Leben für den Tod.«

Die Dörfler schauten einander an, nickten dann Neres zu.

»Danke«, sagte dieser, den Anflug eines Lächelns um seine Lippen. Galen wandte sich zu Jonas und sagte: »Leben für den Tod. Ist es Gerechtigkeit?»

Jonas schwieg für eine Weile, dann sagte er: »Gerrechtigkeit... und Gnade!«

»Dann geh in Frieden, Jonas. Ruhe sanft.«

Das Feuer in den Augen des Untoten verlosch wie das sanfte Glühen von Funken.

»Frriede auch fürr euch, Heilerr. Mögen wirr uns in einerr anderren Welt wiederr begegnen. Möge die Lehren von Pwyll

Euch stets so leiten.« Er verbeugte sich und wanderte steifen Schrittes zurück in den Wald.

Galen griff nach seiner Reisetasche und wollte in Richtung Süden gehen, aber Neres hielt ihn auf.

»Wie können wir die Kranken versorgen? Wir haben keinen Heiler.«

Die Winkel seines Mundes zuckten, als Galen versuchte, ein Lächeln zurückzuhalten. »Doch, nun habt ihr einen! Dich! Was Du sonst noch wissen musst, wirst Du bald in Ssakhir lernen. Melde dich bei mir, wenn du dort eintriffst.«

Galen schritt in den Wald, und gedachte der Lebenden und der Toten.

Reisende

Die Roman-Trilogie
von Tian Di

Isrogant: Die Fantasy-Welt
http://www.xin-publishing.eu